山西大同大学著作出版基金资助

单负特异材料 董丽娟 著

Single-negative Metamaterials

同济大学 出版社
TONGJI UNIVERSITY PRESS

内 容 提 要

本书从单负特异材料入手,介绍了电磁波通过单负特异材料及相关复合结构的光子传播行为。全书分为两部分,第一部分为基础部分,系统讲述了特异材料和光子晶体的基础知识、研究方法和应用前景;第二部分为专题部分,分别介绍了与单负特异材料相关的五个研究课题。

本书还有一个特点是理论与实验相结合,其中涉及的一些特殊性质除了理论的研究结果,还有相应的实验验证过程。本书可作为人工微结构材料专业研究生的参考书,也可供有关科研人员参考。

图书在版编目(CIP)数据

单负特异材料/董丽娟著. --上海:同济大学出版社,2015.12
ISBN 978-7-5608-6207-1

Ⅰ.①单… Ⅱ.①董… Ⅲ.①光子晶体—研究 Ⅳ.①O734

中国版本图书馆 CIP 数据核字(2016)第 028966 号

单负特异材料
董丽娟 著

| **责任编辑** 张 莉 | **责任校对** 徐春莲 | **封面设计** 陈益平 |

出版发行	同济大学出版社 www.tongjipress.com.cn
	(地址:上海市四平路 1239 号 邮编:200092 电话:021-65985622)
经 销	全国各地新华书店
印 刷	虎彩印艺股份有限公司
开 本	787mm×960mm 1/16
印 张	10.5
字 数	210 000
版 次	2015 年 12 月第 1 版 2015 年 12 月第 1 次印刷
书 号	ISBN 978-7-5608-6207-1
定 价	36.00 元

前　言

　　人们对新型材料的探索是永无止境的。自从 20 世纪 50 年代发现了半导体具有可以操纵电子流动的能力以来，引发了一场微电子革命，带来了电子工业和信息产业的飞速发展，从某种意义上来说进入了半导体时代。近年来，人们又发现了可以控制光子运动的新型材料——光子晶体（photonic crystals）和特异材料（metamaterials），这个发现将会带着我们进入下一个时代——光子时代。光子晶体和特异材料的出现，引起了人们极大的研究兴趣，其中光子晶体曾在 1998 和 1999 年两次被美国 *Science* 杂志评为当年自然科学领域中十项重大突破之一，而特异材料也曾在 2003 年和 2006 年两次被该杂志评为当年世界十大重大科技进展之一。

　　特异材料在物理学、材料科学以及微波工程领域引起了人们愈来愈多的关注，它有着不同于普通材料的奇异电磁特性，这些特性为特异材料呈现了广阔的应用前景。特异材料一般有双负特异材料（负折射率材料、左手材料）、单负特异材料、零折射率材料等，单负特异材料是其中的一类。目前，我们看到的与特异材料相关的书籍大多阐述与双负特异材料相关的理论及实验研究成果，单独对单负特异材料的系统讲解较少。本书从单负特异材料入手，重点介绍电磁波通过单负特异材料及相关复合结构的光子传播行为。本书内容分为两部分，一部分是基础部分，系统阐述特异材料和光子晶体的基础知识、研究方法和应用前景，包括第 1 章特异材料和光子晶体、第 2 章转移矩阵方法的内容。第二部分是专题部分，挑选并详细阐述了与单负特异材料密切相关的五方面研究课题，从单负特异材料自身的物理性质入手，逐渐地扩展到与其他结构复合后的物理性质，介绍的主线重点围绕单负特异材料及其复合结构的透射性质。第二部分的内容包括第 3—7 章的内容，分别是第 3 章损耗型单负特异材料透射性质的理论与实验、第 4 章含单负特异材料光子晶体的零有效相位能隙、第 5 章含单负特异材料光子晶体的若干物理现象、第 6 章磁光单负特异材料复合结构的法拉第效应、第 7 章一维掺杂光子晶体嵌入两种单负特异材料中的透射性质。

　　本书的研究内容一部分来源于作者的科研工作,另一部分来源于课题组其他科研人员的研究成果,具体在参考文献中都有详细注解,这里对他们表示诚挚的谢意。

　　由于本人水平有限,书中难免有错误和不妥之处,恳请大家批评指正。

董丽娟

2015 年 11 月于山西大同大学

目　　录

第 1 章
光子晶体和特异材料

1.1 光子晶体

半导体的出现带来了从日常生活到高科技革命性的影响:大规模集成电路、计算机、信息高速公路等。几乎所有的半导体器件都是围绕着如何利用和控制电子的运动而展开的,电子在其中起着决定性的作用。但是由于电子之间存在相互作用和静止质量等特性,使得在不久的将来会出现电子器件集成的极限。光子有着电子所没有的优势:速度更快,光子之间没有相互作用,所以光子的传输特性是电子所无法比拟的,半导体的速度和集成极限使得光子晶体的诞生成为必然。光子晶体是 20 世纪 80 年代末提出的新概念和新材料。这种材料有一个显著的特点,可以如人所愿地控制光子的流动,是光电集成、光子集成、光通讯、微波通讯、空间光电技术以及国防科技等现代高新技术的一种新概念材料,也是为相关学科发展和高新技术突破带来新机遇的关键性基础材料。由于其独特的性质,光子晶体可以制作全新的或以前不能制作的高性能光学器件,这在光通讯上也有重要的用途,如用光子晶体器件来替代传统的电子器件,信息通讯的速度将快得无法想象。激光的产生,量子电子学和量子电动力学的充分发展以及光子学的产生为光子晶体的产生准备了充分条件,光子晶体就此产生了。

光子晶体,其概念最初是在 1987 年由美国 Bell 实验室的 E. Yablonovitch 和 Princeton 大学的 S. John,分别在研究如何抑制光的自发辐射和电介质中光子局域时,共同借鉴固体物理中固体的晶格周期性及其能带特性,开创性地各自独立地提出的。由固体物理学中的能带理论可知,电子受到晶格周期势场的散射时,散射波相互干涉而形成了能带结构,各通带之间会有带隙。如果电子态的能量在通带内,则电子以布洛赫波的形式存在,可以在固体中传播。如果电子态的能量正好落在了带隙内,则不能在固体中传播。类比固体中的周期势场,可以人为地在结构上构造一种周期"光子势场",它可以用来调控光子的运动状态。例如,可以在空间上周期变化两种不同介电常数的材料,形成对光子的周期散射,从而产生类似于电子能带的光子能带。这种空间周期性变化的结构就被称为光子晶体。一般来讲,光子晶体具有光子带隙(photonic band gap)和光子局域两个基本的特性。

光子带隙是光子晶体最基本的特性之一。在介电常数不同的两种材料周期性排列的结构中,由于周期性光子势场的存在,形成了光子能带。则在能带中,某频率的电磁波如果处于通带内就可以透射过去,否则,频率处于带隙内的电磁波就不能透过。这里的带隙就是我们所说的光子带隙,具有"光子带隙"的材料也称作"电磁带隙材料"(electromagnetic band gap)。

光子局域是光子晶体的另一个基本特性,它与光子禁带中的缺陷能级紧密相连。在周期性排列的光子晶体结构中引入缺陷后,将在光子带隙中出现相应的缺陷能级,此频率处的电磁波原本处于被禁止传播的状态,此时由于缺陷的引入使得电磁波会以与缺陷能级频率相对应的特定频率在结构中传播,这个性质被称为光子局域性。

按照光子晶体中不同介电材料的空间结构周期性排列方式,可以把光子晶体分成三种类型,即一维光子晶体、二维光子晶体和三维光子晶体,如图 1.1 所示,因而光子晶体的出现大大拓展了人们构造新型人工材料的思路。由于光子晶体和半导体晶体的某些特性相似,固体物理中的许多概念都可以用于光子晶体,如倒格子、布里渊区、布洛赫波等,很多用于研究半导体晶体的方法也可以用于光子晶体。

光子晶体虽然是个新概念,但自然界中早就已经存在这种结构的物质。图 1.2(a)和 1.2(b)中给出天然宝石——猫眼石(Opals),其之所以绚丽夺目,来源于有序排列的纳米矿物颗粒(二氧化硅)对光的干涉和衍射。在生物界中,也不乏有光子晶体的踪影,以花间飞舞的蝴蝶为例,其翅膀上的斑斓色彩,其实是鳞粉上

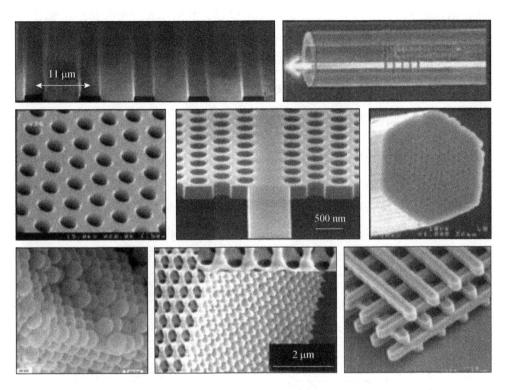

图 1.1　一维、二维及三维光子晶体的结构示意图

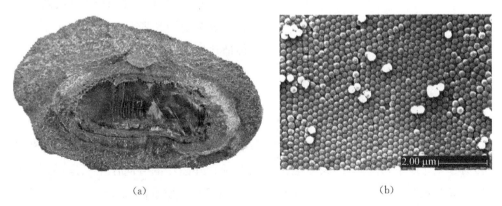

（a）　　　　　　　　　　　　　　（b）

图 1.2　天然宝石——猫眼石由二氧化硅纳米球组成（SEM 成像图）

排列整齐的次微米结构选择性反射日光的结果。其他还有如天堂鞭尾鱼鳞片、孔雀羽毛、鲍鱼壳、海老鼠刚毛、象鼻虫的颜色也是由于结构的周期性引起的。

1.2　磁光光子晶体（Magnetophotonic crystals）

近十年内，随着光子晶体研究的迅速发展，光子晶体被广泛应用于许多领域，包括被应用到磁光效应方面。我们知道，置于外磁场中的介质，在光与外磁场作用下，其光学特性（如吸光特性、折射率等）发生变化的现象称为磁光效应。磁光效应包括塞曼效应、磁光法拉第旋转效应、科顿-穆顿效应和磁光克尔效应等，这些效应均起源于物质的磁化，反映了光与物质磁性间的联系。磁光介质是指拥有磁光效应（magneto-optical effect）的介质。这里重点介绍磁光法拉第旋转效应的原理。

首先，给出磁光法拉第旋转效应的简单解释。线偏振光可分解为左旋和右旋两个圆偏振光。无外磁场时，介质对这两种圆偏振光具有相同的折射率和传播速度，通过 l 距离的介质后，对每种圆偏振光引起了相同的相位移，因此透过介质叠加后的振动面不发生偏转；当有外磁场存在时，由于磁场与物质的相互作用，改变了物质的光特性，这时介质对右旋和左旋圆偏振光表现出不同的折射率和传播速度，二者在介质中通过同样的距离后引起了不同的相位移，叠加后的振动面相对于入射光的振动面发生了旋转，如图 1.3 所示。

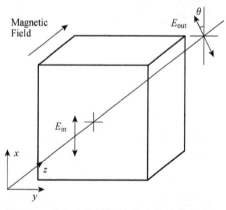

图 1.3　磁光法拉第旋转效应的结构示意图

其次，给出法拉第旋转效应产生的微观物理解释。当光波进入已施加稳恒磁场的磁光介质中，介质里的束缚电子受到电场和外磁场的共同作用而运动。当单色圆偏振光进入介质中，在旋转电场作用下，电子作稳定的圆周运动。外加一个恒定磁场，其方向垂直于电子作圆周运动的轨道平面，则电子受到洛仑兹力的作用

$f = ev \times \boldsymbol{B}$。依据磁场和电场的方向不同,作用在电子上的力,可以是向心力,也可以是离心力,这就使得电子有两种不同的运动轨道半径,电子的左旋和右旋角速度将有微小的变化 $\omega_L = \omega + \Delta\omega$, $\omega_R = \omega - \Delta\omega$,相应有不同的极化强度、折射率等,从而出现了两种不同的传播模式。

对于每一种给定的磁光介质,法拉第旋转方向与光的传播方向无关(不管传播方向与磁场方向同向或反向),仅由磁场的方向决定,这是法拉第效应的非互易特性。固有旋光效应的旋光方向与光的传播方向有关,顺着光线和迎着光线方向观察,线偏振的振动面的旋转方向是相反的,而法拉第效应则不然,在磁场方向不变的情况下,光往返穿过磁光介质时,法拉第旋转角将倍增。利用法拉第旋转方向与光传播方向无关这一特性,可令光线在介质中往返数次,从而使法拉第效应加强(偏振面的旋转角度增大),即偏振面转过的角度与光在磁光介质中的总光程成正比。利用法拉第磁光效应的非互易特性,可以制作光隔离器、磁光开关、回转器以及环行器等磁光器件。

然而,利用单层的磁光介质不利于制作小型化的磁光器件。原因在于法拉第效应的大小与介质的长度有关(不改变外界磁场和温度),需要的法拉第效应越大则需要介质的长度越长。如果想要设计小体积的光隔离器,则需要的法拉第效应较强且长度不能太大,这一点利用磁光介质本身是很难实现的。随着光子晶体的发展,人们发现利用光子晶体可以在增强法拉第效应的同时减小光隔离器的体积。包含磁光介质的光子晶体称为磁光光子晶体,其中磁光介质作为杂质掺入光子晶体中为一种磁光光子晶体,如图 1.4 所示。在这种磁光光子晶体中,光子带隙中形成了局域的缺陷模,电磁场在磁光介质上的强局域增强了光与磁光介质的相互作用(即相对于增大了有效的光程长度),从而导致了透射率和法拉第效应的同时增强,如图 1.5 所示,其中 Bi：YIG 是钇铁石榴石,一种常见的磁光介质。

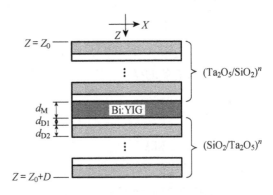

图 1.4　Bi：YIG 掺杂于一维光子晶体结构示意图

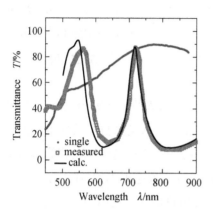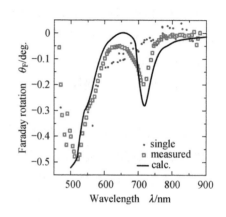

图 1.5 Bi：YIG 掺杂于一维光子晶体中的透射率和法拉第旋转角度的变化

利用磁光光子晶体实现的光隔离器，相对于单层磁光介质来说，具有透射高、法拉第旋转效应强、体积小的优点。

1.3 特异材料（Metamaterials）

近年来，一类新型人工特异材料（超常材料、超颖材料、奇异材料）在物理学、材料科学以及微波工程领域引起了人们愈来愈多的关注。特异材料有着不同于普通材料的奇异电磁特性，这些特性为特异材料展开了广阔的应用前景。最近，人们使用特异材料制成完美透镜（perfect lens）、微波器件、天线、隐身斗篷（invisibility cloak）等。对于特异材料及其相关器件的奇异电磁特性的研究有利于发掘电磁波在其中传输时，对其传播方向、传播速度、能量分布以及色散特性等方面的调控作用，从而进行有效的操控。因此，对特异材料的研究具有深远的意义。

1.3.1 特异材料概述

介电常数 ε 和磁导率 μ 是描述材料对电磁场响应的两个基本物理量，决定着电磁波在物质中的传播特性。根据材料的介电常数和磁导率符号的不同，可以将材料分成五种类型，如图 1.6 所示。

图 1.6 是按照介电常数和磁导率对材料空间进行划分的示意图，图中的 r 是

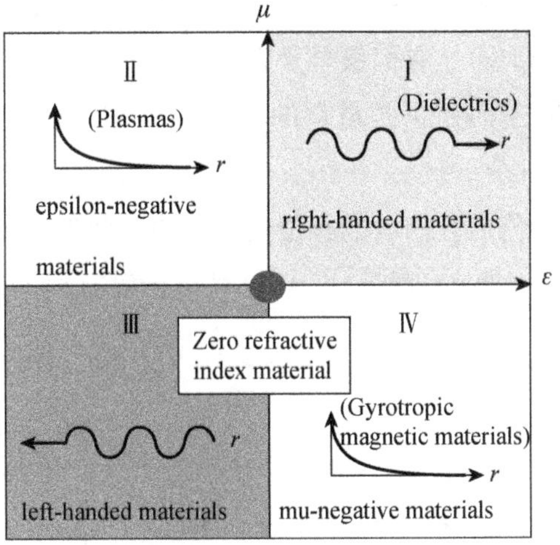

图 1.6 按照介电常数 ε 和磁导率 μ 对材料空间进行划分

指空间量。在图中可以看到,对于第Ⅰ象限的材料,介电常数和磁导率都大于零(又称双正材料,double-positive materials),这种材料就是自然界中最常见的材料,电磁波在其中以传播场的形式向前传播。在这种材料中,电场 **E**、磁场 **H** 和波矢量 **K** 三者构成右手螺旋关系,同时电场 **E**、磁场 **H** 以及坡印廷矢量 **S** 也构成右手关系,因此又称其为右手材料(right-handed materials)。而对于第Ⅱ、Ⅲ、Ⅳ象限和原点处的材料则不然,第Ⅱ象限为 ε 小于零而 μ 大于零的负介电常数材料;第Ⅲ象限为 ε 和 μ 同时小于零的左手材料;第Ⅳ象限为 ε 大于零而 μ 小于零的负磁导率材料;坐标原点处为 ε 和 μ 都等于零的零折射率材料。由于它们的介电常数和磁导率的变化,电磁波在其中存在的形式也不一样,由它们组成的结构有着很新颖的物理性质和广泛的用途,所以人们把这四种材料称为特异材料。下面对其进行具体的叙述。

1.3.2 双负特异材料

1. 双负特异材料的性质

双负特异材料(Double-negative materials)对应图 1.6 中第Ⅲ象限的材料,因为这种材料的介电常数和磁导率的符号都是负的,所以得此名称(也称双负材料)。

另外,这种材料的折射率($n = -\sqrt{\varepsilon\mu}$)是负的,所以也被称为负折射率材料(negative-refractive index)。它们最早是由 Veselago 在 1968 年理论上提出的,波在其中仍然可以传播,不同于正常材料的是 E,H,K 三者构成了左手螺旋关系,故又被称作左手材料(left-handed materials),如图 1.7 所示,并且波矢量 K 和能量传播方向 S 反向,即沿传播方向波的相位是减少的。此外,根据能量守恒定律可以知道,左手材料必然是色散的,损耗(loss)也对负折射有很大的影响,理论证明,左手材料必然存在损耗。

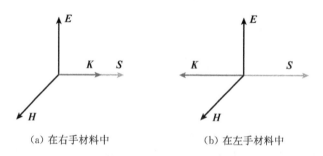

(a) 在右手材料中   (b) 在左手材料中

图 1.7   电场 E、磁场 H、波矢传播方向 K、能量传播方向 S 之间的关系

2. 双负特异材料的研究进展和应用

Veselago 在最初提出左手材料的时候便预言了它所具有的奇异电磁特性,此后大量的实验也验证了左手材料的确存在着负折射效应、逆多普勒效应以及反常切伦科夫辐射效应等。除此之外,左手材料还有许许多多新奇的物理性质。近年来,随着人们对特异材料的制备、物理特性等研究的深入,左手材料在完美透镜、微波器件、天线、电磁波隐身乃至光存储方面都开始崭露头角。

完美成像由 Pendry 在 2000 年提出。这种成像是利用双负材料实现的。其原理是由于双负材料能够放大"倏逝波",从而使光场的所有成分都无损失地参与了成像,Pendry 把这种可突破衍射极限的透镜称为"完美透镜"。但是,双负材料通常是由金属材料制备,而金属材料的损耗很大,所以在实验上会影响到成像的分辨率。然而,由于微带传输线通常具有损耗小的特性,因此有人利用左手材料传输线实现的超透镜在微波波段的实验上观察到了突破衍射极限的成像。

在微波器件方面,双负材料也发挥了很大的用处。例如,N. Engheta 提出用双负材料和普通右手材料可以构成谐振腔,由于两种介质中电磁波传播的相位变化相反,因而可以相互补偿形成零阶谐振,其谐振频率与构成腔的两种介质材料的厚度无关而只与两者的比值有关,利用这种工作模式可以构成尺度小于半个波长的超薄谐振器;利用平衡复合左右手传输线 $\beta=0$ 的特性可以在非零频率点上得到零阶谐振器等。

左手材料在微波天线和隐身技术方面也做出了很大的贡献。例如,Sanada 等利用复合左右手传输线零阶谐振的特性,提出了谐振性能非常强的零阶谐振天线;2006 年初,Pendry 等预测了特异材料薄层能够让光线绕过物体,从而使物体隐形,在他们提出隐身斗篷的可行性技术构想几个月之后,2006 年 11 月,Smith 小组制成了窄带上的隐形斗篷样品,如图 1.8 所示。

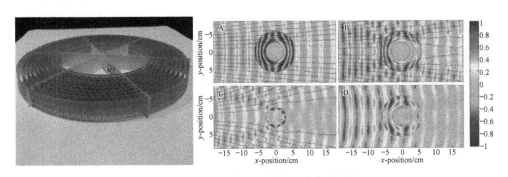

图 1.8　隐身斗篷实验样品及隐身效果图

1.3.3　单负特异材料

1. 单负特异材料的性质

单负特异材料(single-negative metamaterials),是对应于图 1.6 中第Ⅱ和第Ⅳ象限的材料。因为这种材料的介电常数和磁导率的符号只有一个是负的,所以得此名称。其中,介电常数为负,磁导率为正的材料对应第Ⅱ象限,它们被称为负介电常数材料(epsilon-negative materials,ENG),也称电单负材料;磁导率为负,介电常数为正的材料对应第Ⅳ象限,它们被称为负磁导率材料(mu-negative materials,MNG),也称磁单负材料。这两种材料的折射率 ($n = \mathrm{i}\sqrt{|\varepsilon\mu|}$) 是纯虚数(无损耗时),因此电磁波入射到这两种介质上时,只能以迅衰场的形式存在于此

介质中,而入射界面上的反射也因为折射率的很不匹配而非常强烈,也就是说任何一种单负特异材料对于电磁波来讲都是不透明的。下面具体通过数学表达式来说明该问题。

首先,考虑无损耗的负介电常数材料(介电常数小于零,磁导率大于零),也就是介电常数只有实部(假设磁导率为1),如下式:

$$\varepsilon = -\varepsilon' \; (\varepsilon' > 0) \Rightarrow n = \sqrt{-\varepsilon'} = i\sqrt{\varepsilon'}, \tag{1.1}$$

其中,n 是折射率,ε' 是介电常数实部的绝对值。电磁波在这种材料中只能以指数衰减或者增长的形式存在(迅衰场),如下式:

$$E = \exp(ink_0 x) = \exp(i \cdot i\sqrt{\varepsilon'}k_0 x) = \exp(-\sqrt{\varepsilon'}k_0 x), \tag{1.2}$$

其中,E 是电场值,x 是坐标,式(1.2)是电磁波的平面波形式,k_0 是真空中的波矢。但是,单负特异材料的特点之一是其总会带有损耗和色散,根本原因是目前对单负特异材料的实现都是基于共振结构的单元。所以,在单负特异材料的相关研究中,一定要考虑损耗和色散的影响。

考虑有损耗的负介电常数材料,体现到折射率上时,折射率既有实部也有虚部(假设磁导率为1),如下式:

$$\varepsilon = -\varepsilon' + i\varepsilon'' \; (\varepsilon' > 0) \Rightarrow n = \sqrt{-\varepsilon' + i\varepsilon''} = n' - in'', \tag{1.3}$$

其中,ε'' 为介电常数虚部,表示损耗,n' 和 n'' 分别为对复介电常数开方后的实部和虚部数值。

所以电磁波在有损耗的单负特异材料中,既有传播分量也有迅衰分量,以阻尼振荡的形式传播,如下式:

$$E = \exp(ink_0 x) = \exp[i(n' - in'')k_0 x] = \exp(in'k_0 x)\exp(-n''k_0 x). \tag{1.4}$$

对于单负特异材料的色散特性,因为金属在等离子频率以下可以等效为单负特异材料,而金属的色散特性可以用 Drude 描述,所以也采用 Drude 来描述单负特异材料的色散特性:

$$\mu_{\text{ENG}} = \mu_{\text{b}}, \quad \epsilon_{\text{ENG}} = \epsilon_{\text{b}} - \frac{\beta^2}{(2\pi f)^2}, \tag{1.5}$$

$$\mu_{\text{MNG}} = \mu_{\text{a}} - \frac{\alpha^2}{(2\pi f)^2}, \quad \epsilon_{\text{MNG}} = \epsilon_{\text{a}}, \tag{1.6}$$

其中,f 为工作频率。

　　虽然电磁波在通过单层的负介电常数材料或者负磁导率材料时表现为迅衰场,然而令人们很惊奇的是,2003 年 Alù 等人研究发现在由负介电常数材料和负磁导率材料材料组成的双层结构在一定条件下对电磁波却是透明的,即电磁波能够在负介电常数材料和负磁导率材料组成的双层结构中发生完全隧穿,如图 1.9 所示,对应的偏振是 TM 偏振波,磁场在 y 方向。其中完全隧穿发生的条件是波阻抗和虚相位同时匹配,即下面两式同时满足:

$$\eta_1 = \eta_2, \tag{1.7}$$

$$k_1 d_1 = k_2 d_2. \tag{1.8}$$

式(1.7)和式(1.8)也等效为两种材料的平均介电常数和平均磁导率同时等于零,即

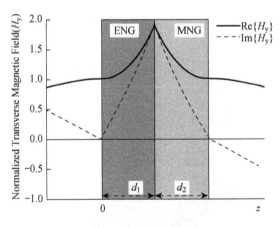

图 1.9　负介电常数材料和负磁导率材料双层结构
的共振隧穿频率处对应的磁场变化

$$\overline{\varepsilon} = \frac{\varepsilon_1 d_1 + \varepsilon_2 d_2}{d_1 + d_2} = 0,$$ (1.9)

$$\overline{\mu} = \frac{\mu_1 d_1 + \mu_2 d_2}{d_1 + d_2} = 0.$$ (1.10)

如还考虑到单负特异材料有损耗的情况,如图 1.10 所示,损耗会导致界面模局域程度的降低,也就是会降低透射率,并且损耗越大导致透射降低的越多,图中计算了三种损耗情况,分别是 $\varepsilon_i = 0$,$\varepsilon_i = 0.1$ 和 $\varepsilon_i = 0.2$。另外,这种共振隧穿性质不随着入射角度和偏振的变化而变化,如图 1.11 所示,这种性质是由于隧穿机制导致的。

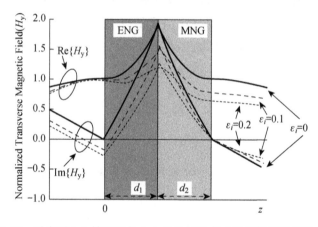

图 1.10 对应图 1.5 情况时负介电常数材料考虑了损耗后的磁场变化

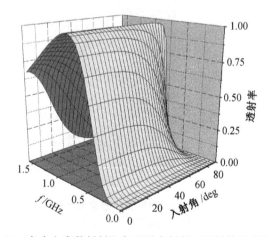

图 1.11 负介电常数材料和负磁导率材料双层结构的共振隧穿

2. 单负特异材料的研究进展和应用

近年来,单负特异材料的奇异性质也引起了人们极大的研究兴趣。例如,利用电磁波在 ENG-MNG 双层结构发生隧穿的特性,可以实现图象的转移和重构。如图 1.12 所示,如果物体和观察者之间有一段足够远的距离,观察者只能接收到物体发出的传播波,迅衰波不能到达观察者,而观察者又不方便接近物体时,如果将一个满足匹配条件的 ENG-MNG 双层结构放入物体和观察者之间,则 ENG-MNG 双层结构可以对物体成虚像,从而可以实现观察者对物体的近距离观察,此时传播波和迅衰波均能被接收到。利用 ENG-MNG 异质结构对电磁波透明的特性,还可以实现小体积的亚波长单模

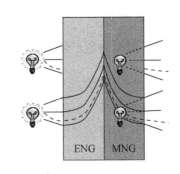

图 1.12　ENG 材料和 MNG 材料
双层结构成像示意图

谐振腔;在特定条件下,负介电常数材料和负磁导率材料双层结构可以等效为双负材料;由负介电常数材料和负磁导率材料组合的波导具有普通较厚波导所没有的单模导波的特性;在负介电常数材料和负磁导率材料中间加入了空气层后发现电磁场分别局域在不同的界面上,这个性质可以用来设计无线传输;等等。

以上所举的例子都是负介电常数材料和负磁导率材料组合起来的双层结构的特性,而由这种双层结构为原胞周期性排列组成一维光子晶体的情况也被人们广泛地研究。

1.3.4　零折射率材料

零折射率材料(zero refractive index material,ZIM),是对应于图 1.6 中坐标原点处的材料。因为这种材料的介电常数和磁导率都为零,即折射率也为零,所以得此名称。还有两种零折射率材料处于坐标轴上,介电常数或者磁导率有一个为零的材料。零折射率材料具有零相移的特性,电磁波在介质中传播时,传播一段距离会产生相移 θ,$\theta = nkd$,n 为折射率,k 为波数,d 为传播长度。当电磁波在零折射率材料中传播时,由于折射率为零,则相移为零,即相位变化为零,其出射波的波前将于材料界面形状决定。零折射率材料的这些新奇的特性可以应用在天线、耦

合器等微波器件设计方面。同时,在自然界中一些物质会在一定条件下介电常数接近零,例如在可见光和红外频段,一些低损耗的绝缘体、半导体和金属的介电常数都接近零,而通过设计合理的架构,使其等效介电常数和磁导率在微波频段为零,可以人工实现零折射率。

1.3.5 特异材料的制备

除了零折射率材料以外,特异材料包括负折射率材料、电单负材料、磁单负材料。在自然界中,金属在低于其等离子振荡频率以下,具有负的介电常数;铁氧体、铁磁和反铁磁系统在磁谐振频率附近,具有负的磁导率,同时损耗非常大;负折射率材料在自然界是不存在的。所以,人们就采取各种方法制备负磁导率材料和负折射率材料。

首先,介绍一下由不同的金属结构实现的特异材料。1996 年,Pendry 等人使用周期性排列的细金属导线来降低等离子体频率,从而实现了微波波段的电单负材料。1999 年,Pendry 等人利用金属谐振环的周期结构实现了等效磁单负材料。2000 年前后,Smith 等人将 Pendry 等人设计的电单负材料和磁单负材料组合得到人工左手材料,并首次通过微波波段的实验观察到了负折射现象(图 1.13)。后来人们也逐渐实现了红外和可见光波段的等效负磁导率。2005 年,Zhang 等人制备了周期性排列的金 U 型环阵列,实现了中红外波段的磁响应。同年,Grigorenko 等人在实验上发现可利用成对的纳米尺寸圆台(pairs of Au nanopillars)的周期性排列实现可见光波段的负磁导率,其成果发表在 Nature 杂志上。2006 年基于鱼网格状的红外和光学波段的二维左手材料得以实现。2007 年,有人提出了可利用 Mie 共振机制通过金属纳米粒子组成的三维立方结构实现可见光波段的负磁导率。同年,Soukoulis 等人在 Science 杂志上给出了近几年从微波波段到可见光波段的实现负磁导率结构的发展趋势图(图 1.14)。以上提到的制备方法都是通过金属结构来实现,但是金属的损耗非常大。因此,除了利用金属的各种结构实现特异材料的负磁导率响应之外,由于介质材料相对于金属结构具有更少的损耗,人们也在研究利用全介质实现等效负磁导率。2002 年,Brien 和 Pendry 提出了对于 P 极化入射的电磁波,高介电圆柱体构成的二维光子晶体在禁带中可等效为负磁导

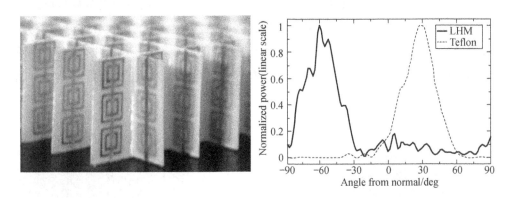

图 1.13　Smith 等人由细铜丝与开口谐振环阵列实现的左手材料及其能量折射情况

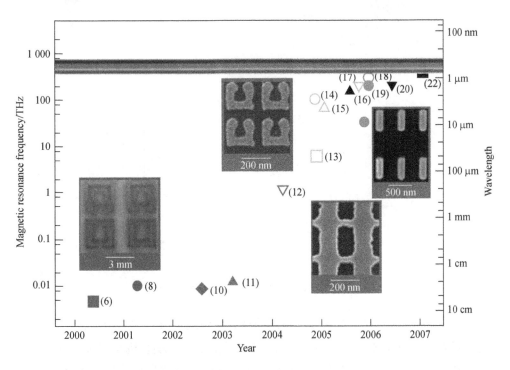

图 1.14　从微波波段到可见光波段实现负磁导率结构的发展趋势图

率材料。2006 年,Decoopman 等人利用两维全介质光子晶体的多重散射效应和界面效应,在光频波段得到了双负特异材料,同时实现了等效的负介电常数和负磁导率。2007 年,Peng 等人的理论和实验研究表明,可以用介电材料设计成谐振结构,在微波波段同时实现有效负介电常数和负磁导率,如图 1.15 所示。这些由全介质材料实现低吸收甚至无吸收的特异材料是此领域的重大突破,也将是特异材料制备的一个焦点。

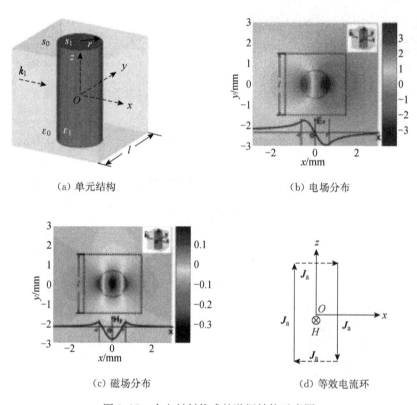

(a) 单元结构   (b) 电场分布

(c) 磁场分布   (d) 等效电流环

图 1.15 介电材料构成的谐振结构示意图

众所周知,由于使用金属结构得到的特异材料通常具有很大的损耗,同时得到的负折射率带宽又比较窄,因此人们又提出了基于共振耦合机制的传输线模型来实现特异材料。Itoh 课题组利用叉指性电容和短脚电感制备负折射率材料,借助于开口谐振环(split ring resonators,SRRs)和互补开口谐振环(complementary split ring resonators，CSRRs)来制备双负的微带线特异材料,通过在微带线上加载集总贴片电容和贴片电感获得负折射率材料。以共面波导为载体制备负折射率材料和利用微带线一样,可以通过加载集总电容电感实现,也可以通过加载分布电容电感实现。后来人们发现,传输线同样可以实现单负特异材料。在微带线上加载分布电容和电感可以实现单负特异材料,在微带线上加载集总电容和电感同样可以实现单负特异材料,在共面波导上加载集总电容和集总电感也获得了单负特异材料。这种基于传输线的特异材料,损耗大大减小,同时还可以得到较宽的负折射率带宽。而且,利用传输线制备特异材料的方法,与目前的微波平面工艺兼容,实用性大大提高。

1.3.6　各向异性的特异材料

以上讨论都是针对各向同性的特异材料,其介电常数和磁导率都是通过标量来描述。但是实际上,人工制备的特异材料多是各向异性的,也就是说一般的材料都是各向异性的,或者是单轴各向异性的,所以研究各向异性特异材料的性质也是很重要的。前些年,Veselogo 曾经提到各向异性的左手材料,但是没有系统地研究。2002 年,Hu 等人在文献中研究了单轴各向异性左手材料的电磁传播特性。在文献中研究了两个主要内容,第一个内容研究了电磁波从各向同性正折射率材料介质进入各向异性负折射率材料介质的界面上发生的异常反射和折射情况,在这种情况下会发生异常的全反射现象,异常表现在入射角度要小于临界角而不是大于它;第二个内容研究了倏逝波穿过被各向同性正折射率材料介质包围的各向异性负折射率材料介质后的异常透射情况,理论上详细地推导了倏逝波放大的过程。2003 年,文献研究了各向异性负折射率材料介质的透射情况,发现可以实现斜入射角度的全透射,这种机理不同于布儒斯特角的透射机理。2003 年,Smith 在文献中提出了一个名词"不确定媒质"(indefinite media),这种介质的介电常数和磁导率是各向异性的,并且主轴上(非主轴元素为零)的值的符号没有确定,根据主轴元素取不同的符号作者把不确定媒质分成了四种类型(TE):Cutoff, Anti-Cutoff, Never-Cutoff 和 Always-Cutoff,并且分别给出了它们色散关系图和折射情况(图1.16),除了 always-cutoff 类型不支持传播和折射以外,前列表示负折射,后列表示正折射;实线表示 k_z 分量有实分量,虚线表示虚分量;v_g 只表示群速的方向。图 1.16 中对应的色散关系是

$$k_z^2 = \varepsilon_y \mu_x \frac{\omega^2}{c^2} - \frac{\mu_x}{\mu_z} k_x^2.$$

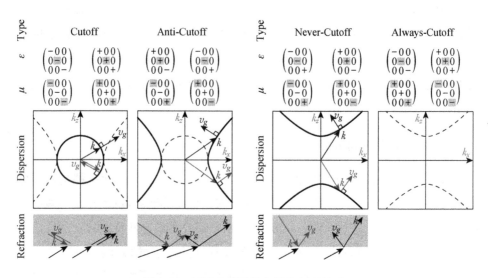

图 1.16　不确定媒质的色散和折射关系

图中第一种情况,随着入射角度的增大,k_z 由实变虚,分别对应双负材料和双正材料;第二种情况则相反,随着入射角度的增大,k_z 由虚变实;第三种情况 k_z 全实;第四种情况 k_z 全虚,分别对应两种不同的单负特异材料。由于不确定媒质的类型多样,性质也很丰富,所以在此基础上,人们做了很多的研究。例如,电磁波在各向异性特异材料中的负 Goos-Hänchen 位移现象;利用各向异性特异材料结构操纵电磁波极化(线极化、圆极化和椭圆极化),且在微波实验上实现;利用各向异性的特异材料结构设计了偏振分束器;等等。另外,人们还在实验上通过负载传输线和周期性电容电感电路结构制备了二维各向异性的特异材料。

由此可见,各向异性的特异材料拥有很多奇异的物理性质等着我们去探索,随着人们坚持不懈的努力,各向异性材料将会给人们展现出更多新的性质和用途。

1.4　光子晶体与特异材料

　　光子晶体和特异材料都具有周期性的复合结构。对于光子晶体,结构的周期长度需和电磁波波长比拟。电磁波在这种周期性结构中传播时,将经历强烈的多重相干(Bragg)散射,导致光子带隙的出现。这种基于 Bragg 机制产生的光子带隙在实际应用中带来两个问题:一方面,它造成光学波段的光子晶体由于周期结构的晶格常数过小而难以制备;另一方面,它使得微波波段的光子晶体的周期长度过大而不利于器件的小型化和集成化。对于特异材料,结构的周期长度需远小于电磁波波长。整个结构对入射电磁波的响应可以用有效介质理论(等效介电常数和等效磁导率)来描述。局域在各个微小单元中的电磁场之间将发生共振耦合,类似 LC 电路中的电磁波振荡。这种局域共振(locally resonance)机制同样会导致通带和阻带的出现。例如,人们利用局域共振机制设计出了周期长度远远小于声波波长的三维声子晶体。左手材料的负折射频率通带也来源于局域共振机制。

1.5　含特异材料的光子晶体

　　与仅含正常材料的光子晶体相比,含特异材料的光子晶体具有许多奇异的性质,将会拓宽人们对复杂人工结构中光子输运行为的认识,并发现其中潜在的应用。这里将介绍含双负特异材料的一维光子晶体的情况,含单负特异材料的光子晶体将在第 3 章详细介绍。

　　电磁波在双负特异材料(左手材料)中传播时,相速度的方向和群速度的方向相反,因而其相位随着波的传播是不断消减的。这就给含双负特异材料的光子晶体带来一种相位补偿效应。此外,电磁波在经历正常材料和双负特异材料的界面时,除了发生负折射外,电场和磁场的导数必须变号。这是由于界面两侧两种材料的参数符号相反,为了满足边界条件(电场和磁场的切向分量在界面处必须连续),电场和磁场的导数在界面两侧必需异号或为零。这就导致电磁场能量的大部分局域在两种材料的界面上,形成特殊的界面模式。对由双负特异材料和正常材料交替生长形成的一维光子晶体,由于相位补偿效应,使得法布里-珀罗(Fabry-Perot)共振机制的作用超过 Bragg 共振机制的作用,从而在 Bragg 能隙中引入离散的电磁模。由正、负折射率材料组成的一维光子晶体中存在零平均折射率能隙。该能隙不同于通常的 Bragg 能隙,即能隙的位置与晶格常数的标度无关而且受晶格无序的影响很小。同时,由于局域在正、负折射率材料界面上的电磁模特性不随入射角度和偏振影响,因而零平均折射率能隙的带边几乎不随入射角度和偏振变化。这意味着零平均折射率能隙是一种新型的全向(角度)能隙。随后,人们研究了零平均折射率能隙中的非线性双稳态、超光速和亚光速传播以及准周期条件下的自相似现象等。

1.6 微波仿真软件简介

19 世纪科学史上最著名的成就之一就是麦克斯韦(Maxwell)方程组的建立,它的建立奠定了电磁场和电磁波理论的基础,也开创了现代电子信息科学的新时代。现在电磁理论的应用已经遍及地学、生命科学、材料科学和信息科学等几乎所有的技术科学领域。众多的科学家和工程师不断对电磁波的传输、辐射、散射等特性进行了研究,促进以现代电磁学为基础的新科学不断出现。对电磁场工程而言,计算电磁学是解决实际工程中越来越复杂的电磁问题的建模、仿真、优化设计等问题。随着计算机技术的飞速发展,基于麦克斯韦方程组的电磁场仿真技术也取得了很大的进步。目前,根据电磁系统的不同边界条件及解析性质,人们已经发展了多种方法来进行电磁场的数值仿真计算,比如有限元法、时域有限差分法、时域有限积分法以及矩量法等。下面,分别介绍一下基于上述方法的一些常用的、有代表性的商业电、磁仿真软件。

1. 基于矩阵法的 ADS(Advanced Design System)仿真软件

ADS 是美国安捷伦公司在 HP EESOF 系列软件基础上发展完善起来的大型综合设计软件,为系统和电路设计人员提供可开发各种形式射频设计的有力工具,应用面涵盖从射频/微波模块到单片集成电路。ADS 软件还提供了一种新的滤波器设计指导,可以使用智能化用户界面来分析和综合射频/微波电路,并可对平面电路进行场、时域和频域分析和优化。另外,它还提供了对不同电路的设计指导,包括滤波器、放大器、混频器、振荡器和无源器件的设计。在模拟中,它允许用户定义频率范围、材料特性、参数的数量和根据用户需要自动产生关键的无源器件模型。这种软件范围涵盖了小至元器件,大到系统级的设计和分析。尤其可在时域或频域内实现对数字或模拟、(非)线性电路的综合仿真分析与优化,并可对设计结果进行成品率分析与优化,提高了复杂电路的设计效率,使之成为设计人员的有效工具。

2. 基于时域有限差分法的 CST Microwave Studio 仿真软件

CST 是德国 Computer Simulation Technology 公司推出的三维高频电磁场仿真软件。它采用的是 Yee 氏网格的空间离散方式,把带时间变量的麦克斯韦旋度方程转化为差分格式,并成功地模拟了电磁脉冲与理想导体作用的时域响应。CST 通过散射参数把电磁场元件结合在一起,把复杂的系统进行有效分离为小的子单元,通过对每一个子单元传输参数的描述,可以进行快速的分析,并且一定程度地降低了系统所需的内存。另外,它考虑了子单元之间高阶模式的耦合,由于系统的有效分割而没有影响系统的准确性。目前,CST 可以应用在仿真电磁场领域,分析大多数高频电磁场问题,包括移动通信、无线设计、信号完整性和电磁兼容等。微波工作室使用简洁,能为用户的高频设计提供直观的电磁特性。具体应用范围包括耦合器、平面结构电路、滤波器、连接器、各种类型天线、微波元器件等。CST 模拟软件除了主要的时域求解器模块外,还为某些特殊应用提供本征模及频域求解器模块。

3. 基于有限元法的 Ansoft HFSS 仿真软件

Ansoft HFSS 是美国 Ansoft 公司开发的一种三维结构电磁场仿真软件,主要基于有限元方法。它提供了一简洁直观的用户设计界面、精确自适应的场解器,能计算任意形状三维无源结构的 S 参数和全波电磁场。并可直接得到特征阻抗、传播常数、S 参数及电磁场、辐射场、天线方向图等结果。该软件被广泛应用于无线和有线通信、计算机、卫星、雷达、半导体和微波集成电路、航空航天等领域。同时,该软件还可以计算:①基本电磁场数值解和开边界问题,近、远场辐射问题;②传输常数和端口特征阻抗;③S 参数和相应的归一化 S 参数;④结构的本征模或谐振解等。由 HFSS 构成的高频解决方案是以物理原型为基础的高频设计解决方案,提供了从系统到电路直至部件级的快速而精确的设计手段,从而覆盖了高频设计的大部分环节。

4. 基于有限元分法的 COMSOL Multiphysics 仿真软件

COMSOL Multiphysics 是一款大型的高级数值仿真软件,主要基于有限元方法。广泛应用于各个领域的科学研究以及工程计算,模拟科学和工程领域的各种物理过程,COMSOL Multiphysics 以高效的计算性能和杰出的多场双向直接耦合分析能力实现了高度精确的数值仿真。其中,射频模块(RF module)可以仿真三维、二维和二维轴对称电磁场,以及一维的传输线方程,并且可以使用 SPICE 网络表进行电路(无维度)模拟。三维模型基于 Maxwell 方程的全波形式,使用矢量边单元,并包含用于模拟介电、金属、分散、损耗、各向异性、旋光和混合介质的材料属性关系。二维模型可以并行或独立求解面内和面外偏振,以及求解面外传播。二维轴对称模型可以并行或独立求解方位角和面内场,以及求解已知的方位角模式数。

5. 基于时域有限差分法的 Vector Field Concerto 仿真软件

Concerto 是 Vector Field 公司的射频微波分析设计软件,它主要采用两种数值算法:时域有限差分法(FDTD)和瞬态法(MoM)。该软件适合天线、滤波器、耦合器、微带-波导转换器和移相器的设计。它采用时域有限差分计算三维高频电磁问题,可以对各种微波器件建模,包括贴片、开槽、线天线、喇叭天线、波导、耦合结构和滤波器等。Concerto 还包含一个优化器和高 Q 结构模型,如果它内置几何建模工具,可以生成各种复杂的几何模型,用户可以指定激励和负载端口,规定背景材料等。在运算中,Concerto 可以自动划分网格,也可以让用户控制网格的划分,而且计算模型的时域解还可以变换到频域。

本章参考文献

[1] E. Centeno, D. Felbacq. Guiding waves with photonic crystals[J]. Optics communications, 1999, 160(1): 57-60.

［2］K. Sakoda. Optical properties of photonic crystals［M］. Germany：Springer，2005.

［3］P. V. Parimi，W. T. Lu，P. Vodo，et al. Photonic crystals：Imaging by flat lens using negative refraction［J］. Nature，2003，426：404-404.

［4］J. C. Knight. Photonic crystal fibres［J］. Nature，2003，424：847-851.

［5］H. G. Park，S. H. Kim，S. H Kwon，et al. Electrically driven single-cell photonic crystal laser［J］. Science，2004，305：1444-1447.

［6］T. Yoshie，A. Scherer，J. Hendrickson，et al. Vacuum Rabi splitting with a single quantum dot in a photonic crystal nanocavity［J］. Nature，2004，432：200-203.

［7］Y. Akahane，T. Asano，B. S. Song，et al. High-Q photonic nanocavity in a two-dimensional photonic crystal［J］. Nature，2003，425：944-947.

［8］S. Ogawa，M. Imada，S. Yoshimoto，et al. Control of light emission by 3D photonic crystals［J］. Science，2004，305：227-229.

［9］M. Sumetsky，B. Eggleton. Modeling and optimization of complex photonic resonant cavity circuits［J］. Opt. Exp.，2003，11：381-391.

［10］E. Yablonovitch. Inhibited spontaneous emission in solid-state physics and electronics［J］. Phys. Rev. Lett.，1987，58：2059-2062.

［11］S. John. Strong localization of photons in certain disordered dielectric superlattices［J］. Phys. Rev. Lett.，1987，58：2486-2490.

［12］J. D. Joannopoulos，S. G. Johnson，J. N. Winn，et al. Photonic crystals：molding the flow of light［M］. Princeton：Princeton University press，2011.

［13］P. Vukusic，J. R. Sambles，H. Ghiradella. Optical classification of microstructure in butterfly wing-scales Photonics［J］. Sci. News，2000，6：61-66.

［14］L. M. Mathger，J. Exp. Biol，et al. Rapid colour changes in multilayer reflecting stripes in the paradise whiptail［J］. Pentapodus paradiseus Experimental Biology，2003，206：3607-3613.

［15］J. Zi，X. Yu，Y. Li，et al. Coloration strategies in peacock feathers［J］. Proc. Natl. Acad. Sci. U. S. A，2003，100(22)：12576-12578.

［16］李勃，周济，李龙土，等. 鲍鱼壳中的一维光子带隙结构［J］. 科学通报，2005，50(13)：1422-1424.

［17］R. C. McPhedrana，N. A. Nicorovicia，D. R. McKenzie，et al. Structural colours through photonic crystals［J］. Physica B，2003，338：182-185.

[18] A. Parker, V. L. Weleh, D. Driver, et al. Structural colour: opal analogue discovered in a weevil[J]. Nature, 2003, 426: 786-787.

[19] S. Sakaguchi, N. Sugimoto. Multilayer films composed of periodic magneto-optical and dielectric layers for use as Faraday rotators[J]. Opt. Commun. , 1999, 162: 64-70.

[20] 安毓英,刘继芳,李庆辉. 光电子技术[M]. 北京:电子工业出版社,2004.

[21] H. Kato, T. Matsushita, A. Takayama, et al. Theoretical analysis of optical and magneto-optical properties of one-dimensional magnetophotonic crystals[J]. Appl. Phys. , 2003, 93: 3906-3911.

[22] H. Kato, T. Matsushita, A. Takayama, et al. Effect of optical losses on optical and magneto-optical properties of one-dimensional magnetophotonic crystals for use in optical isolator devices[J]. Opt. Commun. , 2003, 219: 271-276.

[23] M. Inoue, K. Arai, T. Fujii, et al. Magneto-optical properties of one-dimensional photonic crystals composed of magnetic and dielectric layers[J]. Appl. Phys. , 1998, 83: 6768-6770.

[24] T. Goto, A. V. Dorofeenko, A. M. Merzlikin, et al. Optical Tamm states in one-dimensional magnetophotonic structures[J]. Physical review letters, 2008, 101(11): 113902.

[25] T. Goto, A. V. Baryshev, M. Inoue, et al. Tailoring surfaces of one-dimensional magnetophotonic crystals: Optical Tamm state and Faraday rotation[J]. Phys. Rev. B, 2009, 79(12): 125103.

[26] M. Inoue, K. Arai, T. Fujii, et al. One-dimensional magnetophotonic crystals[J]. Appl. Phys. , 1999, 85: 5768-5770.

[27] M. Inoue, T. Fujii. A theoretical analysis of magneto-optical Faraday effect of YIG films with random multilayer structures[J]. Appl. Phys. , 1997, 81: 5659-5661.

[28] E. Takeda, N. Todoroki, Y. Kitamoto, et al. Faraday effect enhancement in Co-ferrite layer incorporated into one-dimensional photonic crystal working as a Fabry-Pérot resonator [J]. Appl. Phys. , 2000, 87: 6782-6784.

[29] H. Kato, T. Matsushita, A. Takayama, et al. Properties of one-dimensional magnetophotonic crystals for use in optical isolator devices[J]. IEEE Transations on Magnetics, 2002, 38: 3246-3248.

[30] S. Kahl, A. M. Grishin. Enhanced Faraday rotation in all-garnet magneto-optical photonic

crystal[J]. Appl. Phys. Lett. , 2004, 84: 1438-1440.

[31] J. B. Pendry. Negative refraction makes a perfect lens[J]. Phys. Rev. Lett. , 2000, 85: 3966-3969.

[32] H. Q. Li, Z. H. Hang, Y. Q. Qin, et al. Quasi-periodic planar metamaterial substrates [J]. Appl. Phys. Lett. , 2005, 86: 121108-121109.

[33] R. Marqués, J. Martel, F. Mesa, et al. Left-handed-media simulation and transmission of EM waves in subwavelength split-ring-resonator-loaded metallic waveguides[J]. Phys. Rev. Lett. , 2002, 89: 183901-183904.

[34] L. Zhou, H. Q. Li, Y. Q. Qin, et al. Directive emissions from subwavelength metamaterial-based cavities[J]. Appl. Phys. Lett. , 2005, 86: 101101-101102.

[35] A. Sanada, M. Kimura, I. Awai, et al. A planar zeroth-order resonator antenna using a left-handed transmission line[J]. IEEE Microwave Conference, 2004, 3: 1341-1344.

[36] S. Lim, C. Caloz, T. Itoh. Electronically scanned composite right/left handed microstrip leaky-wave antenna[J]. IEEE Microwave and Wireless Components Letters, 2004, 14: 277-279.

[37] S. Lim, C. Caloz, T. Itoh. Metamaterial-based electronically controlled transmission-line structure as a novel leaky-wave antenna with tunable radiation angle and beamwidth[J]. IEEE Trans. Microwave Theory Tech, 2004, 52: 2678-2690.

[38] F. P. Casares-Miranda, C. Camacho-Penalosa, C. Caloz. High-gain active composite right/left-handed leaky-wave antenna [J]. IEEE Transactions on Antennas and Propagation, 2006, 54: 2292-2300.

[39] D. Schurig, J. J. Mock, B. J. Justice, et al. Metamaterial Electromagnetic Cloak at Microwave Frequencies[J]. Science, 2006, 314: 977-980.

[40] H. S. Chen, B. I. Wu, B. Zhang, et al. Electromagnetic Wave Interactions with a Metamaterial Cloak[J]. Phys. Rev. Lett. , 2007, 99: 063903-063906.

[41] J. B. Pendry, D. Schurig, D. R. Smith. Controlling Electromagnetic Fields[J]. Science, 2006, 312: 1780-1782.

[42] W. Cai, U. K. Chettiar, A. V. Kildishev, et al. Optical cloaking with metamaterials[J]. Nature Photonics, 2007, 1: 224-227.

[43] V. G. Veselago. The electrodynamics of substances with simultaneously negative values of permittivity and permeability[J]. Sov. Phys. Usp, 1968, 10: 509-514.

[44] D. R. Smith, N. Krol. Negative refractive index in left-handed materials[J]. Phys. Rev. Lett. , 2000, 85: 2933-2936.

[45] M. I. Stockman. Criterion for negative refraction with low optical losses from a fundamental principle of causality[J]. Phys. Rev. Lett. , 2007, 98: 177404-177407.

[46] A. Grbic, G. V. Eleftheriades. Overcoming the diffraction limit with a planar left-handed transmission-line lens[J]. Phys. Rev. Lett. , 2004, 92: 117403-117406.

[47] A. Sanada, C. Caloz, T. Itoh. Planar distributed structures with negative refractive index [J]. IEEE Transactions on Microwave Theory and Techniques, 2004, 52: 1252-1263.

[48] N. Seddon, T. Bearpark. Observation of the inverse doppler effect[J]. Science, 2003, 302: 1537-1540.

[49] C. Y. Luo, M. Ibanescu, S. G. Johnson, et al. Cerenkov radiation in photonic crystals [J]. Science, 2003, 299: 368-371.

[50] X. S. Rao, C. K. Ong. Amplification of evanescent waves in a lossy left-handed material slab[J]. Phys. Rev. B, 2003, 68: 113103-113106.

[51] S. A. Ramakrishna. Physics of negative refractive index materials[J]. Reports on Progress in Physics, 2005, 68: 449-521.

[52] A. Grbic, G. V. Eleftheriades. Overcoming the diffraction limit with a planar left-handed transmission-line lens[J]. Phys. Rev. Lett. , 2004, 92: 117403-117406.

[53] N. Fang, H. Lee, C. Sun, et al. Sub-diffraction-limited optical imaging with a silver superlens[J]. Science, 2005, 308: 534-537.

[54] C. A. Moses, N. Engheta. An idea for electromagnetic feed forward-feed backward media [J]. IEEE Transactions on Antennas and Propagation, 1999, 47(5): 918-928.

[55] C. A. Allen, T. Itoh, et al. Design of microstrip resonators using balanced and unbalanced composite right/left-handed transmission lines[J]. IEEE Trans. Microwave Theory Tech, 2006, 54: 3104-3112.

[56] M. A. Antoniades, G. V. Eleftheriades. Compact linear lead/lag metamaterial phase shifters for broadband applications[J]. IEEE Antennas Wireless Propagation Letters, 2003, 2: 103-106.

[57] C. Caloz, A. Sanada, T. Itoh. A novel composite right-left-handed coupled-line directional coupler with arbitrary coupling level and broad bandwidth[J]. IEEE Trans. Microwave Theory Tech, 2004, 52: 980-992.

[58] C. Caloz，T. Itoh. A novel mixed conventional microstrip and composite right left-handed backward-wave directional coupler with broadband and tight coupling characteristics[J]. IEEE Microwave and Wireless Components Letters，2004，14：31-33.

[59] R. Islam，G. V. Eleftheriades. A planar metamaterial co-directional coupler that couples power backwards[J]. IEEE MTT-S International Microwave Symposium Digest，2003，1：321-324.

[60] J. Zhang，H. Chen，Y. Luo，et al. Wideband backward coupling based on anisotropic left-handed metamaterial[J]. Appl. Phys. Lett. ，2007，90：043506-043506.

[61] I. Lin，C. Caloz，T. Itoh. A branch-line coupler with two arbitrary operating frequencies using left-handed transmission lines[J]. IEEE-MTT International Microwave Symposium Digest，2003，1：325-328.

[62] Lin I，DeVincentis M，Caloz C，et al. Arbitrary dual-band components using composite right left-handed transmission lines [J]. IEEE Trans. Microw. Theory Tech，2004，52(4)：1142-1149.

[63] M. A. Antoniades，G. V. Eleftheriades. A broadband Wilkinson balun using microstrip metamaterial lines[J]. IEEE Antennas and Wireless Propagation Letters，2005，4：209-212.

[64] M. A. Antoniades，G. V. Eleftheriades. A broadband series power divider using zero-degree metamaterial phase-shifting lines[J]. IEEE Microwave and Wireless Components Letters，2005，15：808-810.

[65] A. Sanada，M. Kimura，I. Awai，et al. A planar zeroth-order resonator antenna using a left-handed transmission line[J]. 34th European Microwave Conference，2004，3：1341-1344.

[66] D. Schurig，J. J. Mock，B. J. Justice，et al. Eamaterial electromagnetic cloak at microwave frequencies[J]. Science，2006，4：977-980.

[67] A. Alù，N. Engheta. Pairing an epsilon-negative slab with a mu-negative slab：resonance tunneling and transparency[J]. IEEE Trans. Antennas Propagat. ，2003，51：2558-2571.

[68] 石云龙,董丽娟.负介电常数材料与负磁导率材料双层共轭结构的共振隧穿[J].山西大同大学学报(自然科学版),2008,4:25-28.

[69] Y. F. Shen，C. Xu，Y. F. Tang，et al. Ultra-compact subwavelength and single-mode cavity resonator[J]. Chinese Physics Letters，2006，23：1600-1602.

[70] A. Alù, N. Engheta. Guided modes in a waveguide filled with a pair of single-negative double-negative and/or double-positive layers[J]. IEEE Trans. Microwave Theory Tech, 2004, 52: 199-210.

[71] T. H. Feng, Y. H. Li, L. He, et al. Electromagnetic tunneling in a sandwich structure containing single negative media[J]. Phys. Rev. E, 2009, 79: 026601-026604.

[72] 贲国胜. 含单负材料的光子晶体的理论研究[D]. 同济大学硕士论文, 2006: 34-39.

[73] H. T. Jiang, H. Chen, H. Q. Li, et al. Properties of one-dimensional photonic crystals containing single-negative materials[J]. Phys. Rev. E, 2004, 69: 066607-066611.

[74] H. T. Jiang, H. Chen, H. Q. Li, et al. Omnidirectional gaps of one-dimensional photonic crystals containing single-negative materials[J]. Chinese Physics Letters, 2005, 22: 884-886.

[75] H. T. Jiang, H. Chen, H. Q. Li, et al. Compact high-Q filters based on one-dimensional photonic crystals containing single-negative materials[J]. Appl. Phys. , 2005, 98: 013101.

[76] G. S. Guan, H. T. Jiang, H. Q. Li, et al. Tunneling modes of photonic heterostructures consisting of single-negative materials[J]. Appl. Phys. Lett. , 2006, 88: 211112.

[77] 蔡喆. 基于光子晶体及特异材料的微带谐振器的原理及应用[D]. 同济大学硕士论文, 2008: 8-27.

[78] J. G. Rivas, C. Janke, P. Bolivar, et al. Transmission of THz radiation through InSb gratings of subwavelength apertures[J]. Opt. Express, 2005, 13(3): 847-850.

[79] P. B. Johnson, R. W. Christy. Optical constants of the noble metals[J]. Phys. Rev. B, 1972, 6(12): 4370-4379.

[80] W. G. Spitzer, D. Kleinman, D. Walsh. Infrared properties of hexagonal silicon carbide [J]. Phys. Rev. , 1959, 113(1): 127-132.

[81] Q. Cheng, R. P. Liu, D. Huang, et al. Circuit verification of tunneling effect in zero permittivity medium[J]. Appl. Phys. Lett. , 2007, 91(23): 234105-234105.

[82] M. Silveirinhal, N. Engheta. Design of matched zero-index metamaterials using nonmagnetic inclusions in epsilon-near-zero media[J]. Phys. Rev. B, 2007, 75(7): 075119-075128.

[83] F. L. Zhang, G. Houzet, E. Lheurette, et al. Negative-zero-positive metamaterial with omega-type metal inclusions[J]. Appl. Phys. , 2008, 103(8): 084312.

[84] J. S. Wei, M. F. Xiao. Negative refraction via domain wall resonances in a homogeneous

mixture of ferro-and nonmagnetic substances[J]. Phys. Condens. Matter, 2007, 19: 072203-072209.

[85] P. Grunberg, F. Metawe. Light scattering from bulk and surface spin waves in Euo[J]. Phys. Rev. Lett. , 1977, 39: 1561-1565.

[86] J. B. Pendry, A. J. Holden, W. J. Stewart, et al. Extremely low frequency plasmons in metallic mesostructures[J]. Phys. Rev. Lett. , 1996, 76: 4773-4776.

[87] J. B. Pendry, A. J. Holden, D. J. Robbins, et al. Magnetism from conductors and enhanced nonlinear phenomena [J]. IEEE Transactions on Microwave Theory and Techniques, 1999, 47: 2075-2084.

[88] D. R. Smith, W. J. Padilla, D. C. Vier, et al. Composite medium with simultaneously negative permeability and permittivity[J]. Phys. Rev. Lett. , 2000, 84: 4184-4187.

[89] R. A. Shelby, D. R. Smith, S. C. Nemat-Nasser, et al. Microwave transmission through a two-dimensional, isotropic, left-handed metamaterial[J]. Appl. Phys. Lett. , 2001, 78: 489-491.

[90] R. A. Shelby, D. R. Smith, S. Schultz. Experimental verification of a negative index of refraction[J]. Science, 2001, 292: 77-79.

[91] S. Zhang, W. J. Fan, B. K. Minhas. Midinfrared resonant magnetic nanostructures exhibiting a negative permeability[J]. Phys. Rev. Lett. , 2005, 94: 037402-037405.

[92] A. N. Grigorenko, A. K. Geim, H. F. Gleeson, et al. Nanofabricated media with negative permeability at visible frequencies[J]. Nature, 2003, 438: 335-338.

[93] G. Dolling, C. Enrich, M. Wegener, et al. Simultaneous negative phase and group velocity of light in a metamaterial[J]. Science, 2006, 312: 892-894.

[94] G. Dolling, M. Wegener, C. M. Soukoulis, et al. Negative-index metamaterial at 780nm wavelength[J]. Optics. Letts. , 2007, 32: 53-55.

[95] C. Rockstuhl, F. Lederer, C. Etrich, et al. Design of an Artificial three-dimensional composite metamaterial with magnetic resonances in the visible range of the electromagnetic spectrum[J]. Phys. Rev. Lett. , 2007, 99: 017401-017404.

[96] C. M. Soukoulis, S. Linden, M. Wegener. Negative refractive index at optical wavelengths[J]. Science, 2007, 315: 47-49.

[97] S. O'Brien, J. B. Pendry. Photonic band-gap effects and magnetic activity in dielectric composites[J]. Phys. Condens. Matter, 2002, 14: 4035-4044.

[98] T. Decoopman, G. Tayeb, S. Enoch, et al. Photonic crystal lens: from negative refraction and negative index to negative permittivity and permeability[J]. Phys. Rev. Lett., 2006, 97: 073905-073908.

[99] L. Peng, L. Ran, H. Chen, et al. Experimental observation of left-handed behavior in an array of standard dielectric resonators[J]. Phys. Rev. Lett., 2007, 98: 157403-157406.

[100] L. Liu, C. Caloz, C. C. Chang, et al. Forward coupling phenomena between artificial left-handed transmission lines[J]. Appl. Phys., 2002, 92: 5560-5565.

[101] C. Caloz, T. Itoh. Transmission line approach of left-handed (LH) materials and microstrip implementation of an artificial LH transmission line[J]. IEEE Transactions on Antennas and Propagation, 2004, 52: 1159-1166.

[102] A. Sanada, C. Caloz, T. Itoh. Characteristics of the composite right/left-handed transmission lines[J]. IEEE Microwave and Wireless Components Lett., 2004, 14: 68-70.

[103] S. G. Mao, S. L. Chen, C. W. Huang. Effective electromagnetic parameters of novel distributed left-handed microstrip lines[J]. IEEE Trans. Microwave Theory Tech, 2005, 53: 1515-1521.

[104] M. J. Freire, R. Marques, F. Medina. Planar magnetoinductive wave transducers: Theory and applications[J]. Appl. Phys. Lett., 2004, 85: 4439-4441.

[105] M. Beruete, F. Falcone, M. J. Freire, et al. Electroinductive waves in chains of complementary metamaterial elements[J]. Appl. Phys. Lett., 2006, 88: 083503.

[106] F. Falcone, T. Lopetegi, M. A. G. Laso, et al. Babinet principle applied to the design of metasurfaces and metamaterials[J]. Phys. Rev. Lett., 2004, 93: 197401-197404.

[107] J. D. Baena, J. Bonache, F. Martin, et al. Equivalent-circuit models for split-ring resonators and complementary split-ring resonators coupled to planar transmission lines [J]. IEEE Transactions on Microwave Theory and Techniques, 2005, 53: 1451-1461.

[108] 张东科,张冶文,赫丽,等. 利用集总 L−C 元件构造的一维 metamaterials 特性的实验研究 [J]. 物理学报,2005,54(2):768-772.

[109] M. A. Antoniades, G. V. Eleftheriades. Compact linear lead/lag metamaterial phase shifters for broadband applications[J]. IEEE Antennas and Wireless Propagation Letters, 2003, 2: 103-106.

[110] A. Grbic, G. V. Eleftheriades. Experimental verification of backward-wave radiation

from a negative refractive index metamaterial[J]. Appl. Phys. , 2002, 92: 5930-5935.

[111] J. Gao, L. Zhu. IEEE Micro Characterization of infinite-and finite-extent coplanar waveguide metamaterials with varied left-and right-handed passbands [J]. IEEE Microwave and Wireless Components Letters, 2005, 15: 805.

[112] S. G. Mao, M. S. Wu, Y. Z. Chueh, et al. Modeling of symmetric composite right/left-handed coplanar waveguides with applications to compact bandpass filters[J]. IEEE Transactions on Microwave Theory and Techniques, 2005, 53: 3460-3466.

[113] T. Fujishige, C. Caloz, T. Itoh. Experimental demonstration of transparency in the ENG-MNG pair in a CRLH transmission-line implementation[J]. Microwave Opt. Tech. Lett. , 2005, 46: 476-481.

[114] L. W. Zhang, Y. W. Zhang, L. He, et al. Experimental study of photonic crystals consisting of ϵ-negative and μ-negative materials[J]. Phys. Rev. E, 2006, 74: 056615-056620.

[115] T. H. Feng , Y. H. Li , H. Chen, et al. Light tunneling in a pair structure consisting of epsilon-negative and mu-negative media[J]. Quantum Optics Optical Data Storage and Advanced Microlithography, 2007, 26: 68270.

[116] L. B. Hu, S. T. Chui. Functional designed to include surface effects in self-consistent density functional theory[J]. Phys. Rev. B, 2003, 66: 085108-085112.

[117] L. Zhou, C. T. Chan, P. Sheng. Anisotropy and oblique total transmission at a planar negative-index interface[J]. Phys. Rev. B, 2003, 68: 115424-115428.

[118] D. R. Smith, D. Schurig. Electromagnetic wave propagation in media with indefinite permittivity and permeability tensors[J]. Phys. Rev. Lett. , 2003, 90: 077405-077408.

[119] Y. Xiang, X. Dai, S. Wen. Negative and positive Goos—Hänchen shifts of a light beam transmitted from an indefinite medium slab[J]. Appl. Phys. A, 2007, 87: 285-290.

[120] J. M. Hao, Y. Yuan, L. X. Ran, et al. Manipulating electromagnetic wave polarizations by anisotropic metamaterials[J]. Phys. Rev. Lett. , 2007, 99: 063908-063911.

[121] H. Luo, Z. Ren, W. Shu, et al. Construct a polarizing beam splitter by an anisotropic metamaterial slab[J]. Appl. Phys. B, 2007, 87: 283-287.

[122] Y. J. Feng, X. H. Teng, Y. Chen, et al. Electromagnetic wave propagation in anisotropic metamaterials created by a set of periodic inductor-capacitor circuit networks [J]. Phys. Rev. B, 2005, 72: 245107-245115.

[123] Y. J. Feng, X. H. Teng, J. M. Zhao, et al. Anomalous reflection and refraction in anisotropic metamaterial realized by periodically loaded transmission line network[J]. Appl. Phys. , 2006, 100: 114901-114901.

[124] Y. Zhong, L. X. Ran, X. X. Cheng. Lateral displacement of a Gaussian beam transmitted through a one-dimensional left-handed meta-material slab[J]. Opt. Express, 2006, 14: 1161-1166.

[125] J. M. Zhao, Y. Chen, Y. J. Feng. Polarization beam splitting through an anisotropic metamaterial slab realized by a layered metal-dielectric structure[J]. Appl. Phys. Lett. , 2008, 92: 071114.

[126] B. Wood, J. B. Pendry, D. P. Tsai. Directed subwavelength imaging using a layered metal-dielectric system[J]. Phys. Rev. B, 2006, 74: 115116-115123.

[127] D. R. Smith, P. Kolinko, D. Schurig. Negative refraction in indefinite media[J]. Opt. Soc. Am. B, 2004, 21: 1032-1043.

[128] Z. Y. Liu, X. X. Zhang, Y. W. Mao, et al. Locally resonant sonic materials[J]. Science, 2000, 289: 1734-1736.

[129] I. S. Nefedov, S. A. Tretyakov. Photonic band gap structure containing metamaterial with negative permittivity and permeability[J]. Phys. Rev. E, 2002, 66: 036611 - 036614.

[130] L. Wu, S. He, L. Chen. On unusual narrow transmission bands for a multi-layered periodic structure containing left-handed materials[J]. Opt. Express, 2003, 11: 1283 - 1290.

[131] L. Wu, S. He, L. Shen. Band structure for a one-dimensional photonic crystal containing left-handed materials[J]. Phys. Rev. B, 2003, 67: 235103-235108.

[132] J. Li, L. Zhou, C. T. Chan, et al. Photonic band gap from a stack of positive and negative Index materials[J]. Phys. Rev. Lett. , 2003, 90: 083901-083904.

[133] H. T. Jiang, H. Chen, H. Q. Li, et al. Appl. Omnidirectional gap and defect mode of one-dimensional photonic crystals containing negative-index materials[J]. Phys. Lett. , 2003, 83: 5386-5388.

[134] M. W. Feise, Ilya V. Shadrivov, Y. S. Kivshar. Tunable transmission and bistability in left-handed band-gap structures[J]. Appl. Phys. Lett. , 2004, 85: 1451-1453.

[135] I. V. Shadrivov, N. A. Zharova, A. A. Zharov, et al. Defect modes and transmission

properties of left-handed bandgap structures[J]. Phys. Rev. E, 2004, 70: 046615 - 046620.

[136] M. Rao, S. D. Gupta. Subluminal and superluminal pulse propagation in a left-handed/ right-handed periodic structure[J]. Opt. A: Pure Appl. Opt., 2004, 6(8): 756-761.

[137] J. Li, D. G. Zhao, Z. Y. Liu. Zero-photonic band gap in a quasiperiodic stacking of positive and negative refractive index materials[J]. Phys. Lett. A, 2004, 332: 461-468.

[138] 张利伟. 以微带传输线为基础的一维特异材料光子晶体和相关结构的实验研究[D]. 同济大学博士论文, 2008, 15-17.

[139] 高本庆. 时域有限差分法(FDTD Method)[M]. 北京:国防工业出版社, 1995.

[140] 曾庆庚, 徐国华, 宋国乡. 电磁场有限单元法[M]. 北京:科学出版社, 1982.

[141] H. Y. Wang, J. Simkin, C. Emson, et al. Compact meander slot antennas[J]. Microwave Opt. Technol. Lett., 2000, 24: 377-380.

第 2 章
转移矩阵方法

自从光子晶体和特异材料的概念提出以来,该领域已成为一个发展迅猛的研究领域。其中,一维光子晶体及其复合结构,即多层膜结构,可以采用镀膜法等工艺制备,具有设计简单、成本低、精度高的优点,因而受到人们的广泛关注。目前,常用的求解光学问题的数值方法包括转移矩阵方法,时域有限差分方法和频域有限差分方法。这些方法各有优缺点,对不同的问题可以选择不同的方法。本章主要介绍转移矩阵方法。

转移矩阵方法(Transfer Matrix Method,TMM)是一种半解析方法,通常用来描述光在多层膜结构中的传播特性。这种方法不仅物理清晰、计算简便,而且很多时候可以得到解析公式,适用于求解多层膜结构的反射与透射,波导的传播常数计算,金属表面的表面等离子体激元的色散曲线,光子晶体的色散关系,等等。转移矩阵的基本原理是假定入射波为平面波,各层介质中的场可以看做是方向相反的两个平面波的叠加,通过层与层之间的边界条件连接而得到单层介质的特征矩阵,最终的多层膜结构的特征矩阵可以看做各层介质特征矩阵的乘积。

2.1 基本微分方程(TE 波)

取入射面为 yz 平面,z 是分层层次方向。对于 TE 波,$E_y = E_z = 0$,麦克斯韦方程化为下列六个标量方程[设时间因子为 $\exp(-\mathrm{i}\omega t)$]:

$$\frac{\partial H_z}{\partial y} - \frac{\partial H_y}{\partial z} + \frac{\mathrm{i}\varepsilon\omega}{c}E_x = 0, \tag{2.1}$$

$$\frac{\partial H_x}{\partial z} - \frac{\partial H_z}{\partial x} = 0,$$

$$\frac{\partial H_y}{\partial x} - \frac{\partial H_x}{\partial y} = 0, \qquad (\text{续 } 2.1)$$

$$\frac{\mathrm{i}\mu\omega}{c} H_x = 0,$$

$$\frac{\partial E_x}{\partial z} - \frac{\mathrm{i}\mu\omega}{c} H_y = 0, \qquad (2.2)$$

$$\frac{\partial E_x}{\partial y} + \frac{\mathrm{i}\mu\omega}{c} H_z = 0.$$

这六个方程是麦克斯韦方程 $\nabla \times \boldsymbol{H} = -\mathrm{i}\varepsilon\omega\boldsymbol{E}$ 和 $\nabla \times \boldsymbol{E} = \mathrm{i}\mu\omega\boldsymbol{H}$ 的分量形式。这些方程表明，H_y，H_z 和 E_x 只是 y 和 z 的函数。从式(2.1)的第一个式子和式(2.2)的第二、三个式子中可以消去 H_y，H_z，得到

$$\frac{\partial^2 E_x}{\partial y^2} + \frac{\partial^2 E_x}{\partial z^2} + n^2 k_0^2 E_x = 0, \qquad (2.3)$$

式中 $n^2 = \varepsilon\mu$，$k_0 = \dfrac{\omega}{c} = \dfrac{2\pi}{\lambda_0}$. $\qquad (2.4)$

下一步，用分离变量法来求解方程(2.3).

设试探解为

$$E_x(y, z) = Y(y)U(z), \qquad (2.5)$$

这时方程(2.3)变成

$$\frac{1}{Y}\frac{\mathrm{d}^2 Y}{\mathrm{d}y^2} = -\frac{1}{U}\frac{\mathrm{d}^2 U}{\mathrm{d}z^2} - n^2 k_0^2. \qquad (2.6)$$

左边一项只是 y 的函数，而右边各项仅与 z 有关。因此，只有当两边同等于某一常数时，式(2.6)才能成立，设这个常数为 $-K^2$，则式(2.6)变成

$$\frac{1}{Y}\frac{\mathrm{d}^2 Y}{\mathrm{d}y^2} = -K^2, \qquad (2.7)$$

$$\frac{\mathrm{d}^2 U}{\mathrm{d}z^2} + n^2 k_0^2 U = K^2 U. \qquad (2.8)$$

令 $K^2 = k_0^2 \alpha^2$, $\qquad$ (2.9)

于是由式(2.7)得到

$$Y = C e^{ik_0 \alpha y}.$$

因而 E_x 的形式为

$$E_x = U(z) e^{i(k_0 \alpha y - \omega t)}, \qquad (2.10)$$

式中 U(z)是 z 的函数(可能是复数)。同样由式(2.2)中的第二和第三个式子可以看出,H_y 和 H_z 的表达式和式(2.10)形式相同:

$$H_y = V(z) e^{i(k_0 \alpha y - \omega t)}, \qquad (2.11)$$

$$H_z = W(z) e^{i(k_0 \alpha y - \omega t)}. \qquad (2.12)$$

由于式(2.1)的第一个式子和式(2.2)的第二、三个式子,U, V 和 W 这三个振幅函数有下列方程关系:

$$V' = ik_0 (\alpha W + \varepsilon U), \qquad (2.13a)$$

$$U' = ik_0 \mu V, \qquad (2.13b)$$

$$\alpha U + \mu W = 0, \qquad (2.13c)$$

把式(2.13c)的 W 代入式(2.13a)和式(2.13b)组成一对 U 和 V 的一阶联立微分方程:

$$\begin{aligned} U' &= ik_0 \mu V, \\ V' &= ik_0 \left(\varepsilon - \frac{\alpha^2}{\mu} \right) U. \end{aligned} \qquad (2.14)$$

从这两个方程分别消去 U 和 V,最后得到 U 和 V 的二阶线性微分方程如下:

$$\frac{\mathrm{d}^2 U}{\mathrm{d}z^2} + k_0^2 (n^2 - \alpha^2) U = 0, \qquad (2.15)$$

$$\frac{\mathrm{d}^2 V}{\mathrm{d}z^2} + k_0^2 (n^2 - \alpha^2) V = 0. \qquad (2.16)$$

按照代换规则,可立即获得 TM 波 $(H_y = H_z = 0)$ 场矢量的非零分量,其形式为

$$H_x = U(z)\mathrm{e}^{\mathrm{i}(k_0 \alpha y - \omega t)}, \tag{2.17}$$

$$E_y = -V(z)\mathrm{e}^{\mathrm{i}(k_0 \alpha y - \omega t)}, \tag{2.18}$$

$$E_z = -W(z)\mathrm{e}^{\mathrm{i}(k_0 \alpha y - \omega t)}, \tag{2.19}$$

式中,

$$
\begin{aligned}
U' &= \mathrm{i}k_0 \varepsilon V, \\
V' &= \mathrm{i}k_0 \left(\mu - \frac{\alpha^2}{\varepsilon}\right) U.
\end{aligned}
\tag{2.20}
$$

而 W 和 U 有下列方程关系:

$$\alpha U + \varepsilon W = 0. \tag{2.21}$$

U 和 V 这时满足下面的二阶线性微分方程:

$$\frac{\mathrm{d}^2 U}{\mathrm{d}z^2} + k_0^2 (n^2 - \alpha^2) U = 0, \tag{2.22}$$

$$\frac{\mathrm{d}^2 V}{\mathrm{d}z^2} + k_0^2 (n^2 - \alpha^2) V = 0. \tag{2.23}$$

U,V 和 W 一般是 z 的复函数。E_x 的等幅面由

$$| U(z) | = 常数$$

给出,而等相面的方程为

$$\phi(z) + k_0 \alpha y = 常数,$$

式中,$\phi(z)$ 是 U 的位相。一般,这两组面不重合,所以 E_x 是一个非均匀波。若沿某等相面作一很小位移$(\mathrm{d}y, \mathrm{d}z)$,则 $\phi'(z) + k_0 \alpha y = 0$;因此,如果以 θ 代表等相面法线与 OZ 的夹角,则

$$\tan \theta = -\frac{\mathrm{d}z}{\mathrm{d}y} = \frac{k_0 \alpha}{\phi'(z)}.$$

在特别情况下,当波是均匀平面波时,

$$\phi(z) = k_0 nz\cos\theta, \quad \alpha = n\sin\theta \qquad (2.24)$$

可以看作是斯涅耳折射定律对分层媒质的推广。

2.2 特征矩阵(TE 波)

从式(2.15)和式(2.16)可知,两个函数 $U(z)$ 和 $V(z)$ 各满足一个二阶线性微分方程,所以 U 和 V 可各表成为两个特别解(如 U_1,U_2 和 V_1,V_2)的线性组合。但是这些特别解不得任意,它们之间必须满足如下的一阶微分方程(2.14)的关系:

$$
\begin{aligned}
U_1' &= ik_0\mu V_1,\\
U_2' &= ik_0\mu V_2,\\
V_1' &= ik_0\left(\varepsilon - \frac{\alpha^2}{\mu}\right)U_1,\\
V_2' &= ik_0\left(\varepsilon - \frac{\alpha^2}{\mu}\right)U_2,
\end{aligned}
\qquad (2.25)
$$

从这些关系可以得到

$$V_1U_2' - U_1'V_2 = 0, \quad U_1V_2' - V_1'U_2 = 0,$$

所以有

$$\frac{\mathrm{d}}{\mathrm{d}z}(U_1V_2 - U_2V_1) = 0.$$

这一关系意味着,用式(2.14)任何两个任意解(U_1,V_1;U_2,V_2)组成的行列式

$$
D = \begin{vmatrix} U_1 & V_1 \\ U_2 & V_2 \end{vmatrix}
\qquad (2.26)
$$

都是一个常数,即 D 是方程系统的一个不变量。

为了目的,选择下列两组特别解最为合宜:

$$\begin{cases} U_1 = f(z), \\ V_1 = g(z), \end{cases}$$

$$\begin{cases} U_2 = F(z), \\ V_2 = G(z), \end{cases} \tag{2.27}$$

它们满足边界条件 $(z = 0)$

$$f(0) = G(0) = 0 \text{ 和 } F(0) = g(0) = 1. \tag{2.28}$$

于是, 满足

$$U(0) = U_0, \quad V(0) = V_0 \tag{2.29}$$

的解 (U, V) 可以表成如下形式:

$$U = FU_0 + fV_0,$$

$$V = GU_0 + gV_0,$$

或者采用矩阵符号, 写成

$$\boldsymbol{Q} = \boldsymbol{N}\boldsymbol{Q}_0, \tag{2.30}$$

式中

$$\boldsymbol{Q} = \begin{bmatrix} U(z) \\ V(z) \end{bmatrix}, \ \boldsymbol{Q}_0 = \begin{bmatrix} U_0 \\ V_0 \end{bmatrix}, \ \boldsymbol{N} = \begin{bmatrix} F(z) & f(z) \\ G(z) & g(z) \end{bmatrix}. \tag{2.31}$$

由于 $D = $ 常数这一关系, 方阵 $\boldsymbol{N}$ 的行列式是一常数。令 $z = 0$, 即可得到这一常数, 结果是

$$|\boldsymbol{N}| = Fg - fG = 1.$$

通常, 把 U_0 和 V_0 表成 $U(z)$ 和 $V(z)$ 的函数更有方便之处。解 U_0 和 V_0, 得到

$$\boldsymbol{Q}_0 = \boldsymbol{M}\boldsymbol{Q}, \tag{2.32}$$

式中

$$\boldsymbol{M} = \begin{bmatrix} g(z) & -f(z) \\ -G(z) & F(z) \end{bmatrix}. \tag{2.33}$$

这个矩阵也是单位模矩阵

$$|\boldsymbol{M}| = 1. \tag{2.34}$$

$\boldsymbol{M}$ 的意义：它使 $z = 0$ 平面上电（或磁）矢量的 x 分量和 y 分量，同任意平面（$z =$ 常数）上的分量建立起关系。前面看到，已知 U 和 V，就足可以完全确定场，为了决定一个平面单色波在分层媒质中的传播，只需要给这个媒质确定一个适当的 2×2 单位模矩阵 $\boldsymbol{M}$。在光学上，称 $\boldsymbol{M}$ 为分层媒质的特征矩阵。

如果以 θ 代表波法线与 z 轴的夹角，则有式(2.24) $\alpha = n\sin\theta$，对于 TE 波，按照式(2.15)和式(2.16)，有

$$\frac{\mathrm{d}^2 U}{\mathrm{d}z^2} + (k_0^2 n^2 \cos^2\theta)U = 0,$$
$$\frac{\mathrm{d}^2 V}{\mathrm{d}z^2} + (k_0^2 n^2 \cos^2\theta)V = 0. \tag{2.35}$$

求解第一个微分方程得到

$$U(z) = A\cos(k_0 nz\cos\theta) + B\sin(k_0 nz\cos\theta),$$

代入式(2.14)可以得到

$$V(z) = \frac{1}{\mathrm{i}}\sqrt{\frac{\varepsilon}{\mu}}\cos\theta[B\cos(k_0 nz\cos\theta) - A\sin(k_0 nz\cos\theta)]. \tag{2.36}$$

因此，满足边界条件式(2.28)的那些特别解是(求解过程)：

因为
$$\begin{cases} U_1 = f(z), \\ V_1 = g(z), \end{cases} \quad \begin{cases} U_2 = F(z), \\ V_2 = G(z), \end{cases}$$

$$f(0) = G(0) = 0 \text{ 和 } F(0) = g(0) = 1,$$

所以
$$U_1(0) = f(0) = 0 \Rightarrow A = 0,$$

$$V_1(0) = g(0) = 1 \Rightarrow B = \frac{\mathrm{i}}{\cos\theta}\sqrt{\frac{\mu}{\varepsilon}}.$$

则
$$U_1(z) = f(z) = \frac{\mathrm{i}}{\cos\theta}\sqrt{\frac{\mu}{\varepsilon}}\sin(k_0 nz\cos\theta),$$

$$V_1(z) = g(z) = \cos(k_0 nz \cos \theta),$$

同理可得

$$U_2(z) = F(z) = \cos(k_0 nz \cos \theta),$$

$$V_2(z) = G(z) = i \sqrt{\frac{\varepsilon}{\mu}} \cos \theta \, \sin(k_0 nz \cos \theta).$$

如果令

$$\eta = \sqrt{\frac{\varepsilon}{\mu}} \cos \theta, \tag{2.37}$$

则可以看到特征矩阵为

$$\boldsymbol{M}(z) = \begin{bmatrix} \cos(k_0 nz \cos \theta) & -\dfrac{i}{\eta} \sin(k_0 nz \cos \theta) \\ -i\eta \, \sin(k_0 nz \cos \theta) & \cos(k_0 nz \cos \theta) \end{bmatrix}. \tag{2.38}$$

如果对于第 j 层介质来讲，特征矩阵可以写为

$$\boldsymbol{M}(z) = \begin{bmatrix} \cos(k_j d_j) & -\dfrac{i}{\eta_j} \sin(k_j d_j) \\ -i\eta_j \sin(k_j d_j) & \cos(k_j d_j) \end{bmatrix}, \tag{2.39}$$

其中，$k_j = k_0 \sqrt{\varepsilon_j} \sqrt{\mu_j} \cos \theta_j = \dfrac{\omega}{c} \sqrt{\varepsilon_j} \sqrt{\mu_j} \cos \theta_j$，$\eta_j = \dfrac{\sqrt{\varepsilon_j}}{\sqrt{\mu_j}} \cos \theta_j$，$\varepsilon_j$，$\mu_j$，$\theta_j$，$d_j$ 分别是第 j 层介质中的介电常数、磁导率、折射角和厚度，k_j 和 η_j 分别是第 j 层介质中的波矢和导纳。该形式的特征矩阵可以应用于各种不同的材料层。

对于 TM 波，上面这些方程仍然适用，只要把其中 η_j 换成

$$\eta_j = \frac{\sqrt{\mu_j}}{\sqrt{\varepsilon_j}} \cos \theta_j \tag{2.40}$$

即可。

2.3　一维多层膜的转移矩阵

如图 2.1 所示，多层膜由 N 层膜组成，这 N 层膜对应的介电常数、磁导率和厚

度依次为 ε_j，μ_j，$d_j(j = 1, 2, \cdots, N)$，入射介质的介电常数、磁导率分别为 ε_{in}，μ_{in}，出射介质的为 ε_{out}，μ_{out}。

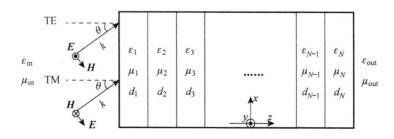

图 2.1 特征矩阵方法对应的多层膜示意图

根据 2.1 节推导的第 j 层介质中的特征矩阵，可以建立介质 1 的两个界面之间的电场和磁场切向分量之间的关系：

$$\begin{bmatrix} E_1 \\ H_1 \end{bmatrix} = \boldsymbol{M}_1 \begin{bmatrix} E_2 \\ H_2 \end{bmatrix} = \begin{bmatrix} \cos(k_1 d_1) & -\dfrac{i}{\eta_1}\sin(k_1 d_1) \\ -i\eta_1 \sin(k_1 d_1) & \cos(k_1 d_1) \end{bmatrix} \begin{bmatrix} E_2 \\ H_2 \end{bmatrix}, \quad (2.41)$$

由式 (2.41)，可得到关于整个多层膜结构的转移矩阵公式

$$\begin{bmatrix} E_{in} \\ H_{in} \end{bmatrix} = \prod_{j=1}^{N} M_j \begin{bmatrix} E_{out} \\ H_{out} \end{bmatrix} = \begin{bmatrix} m_{11} & m_{12} \\ m_{21} & m_{22} \end{bmatrix} \begin{bmatrix} E_{out} \\ H_{out} \end{bmatrix}. \quad (2.42)$$

由式 (2.42)，可以得到入射界面和出射界面的电场和磁场的切向分量之间的关系：

$$E_{in} = m_{11} E_{out} + m_{12} H_{out} = (m_{11} + m_{12} \eta_{out}) E_{out} = E_{in}^+ + E_{in}^-, \quad (2.42)$$

$$H_{in} = m_{21} E_{out} + m_{22} H_{out} = (m_{21} + m_{22} \eta_{out}) E_{out} = H_{in}^+ + H_{in}^-$$
$$= \eta_{in}(E_{in}^+ - E_{in}^-), \quad (2.44)$$

从而可以得到

$$E_{in}^+ = \frac{1}{2}\left[(m_{11} + m_{12} \eta_{out}) + \frac{1}{\eta_{in}}(m_{21} + m_{22} \eta_{out}) \right] E_{out}, \quad (2.45)$$

$$E_{in}^- = \frac{1}{2}\left[(m_{11} + m_{12} \eta_{out}) - \frac{1}{\eta_{in}}(m_{21} + m_{22} \eta_{out}) \right] E_{out}. \quad (2.46)$$

反射系数 r 和透射系数 t 可以用式(2.45)和式(2.46)计算：

$$r = \frac{E_{\text{in}}^-}{E_{\text{in}}^+} = \frac{\eta_{\text{in}}(m_{11} + m_{12}\eta_{\text{out}}) - (m_{21} + m_{22}\eta_{\text{out}})}{\eta_{\text{in}}(m_{11} + m_{12}\eta_{\text{out}}) + (m_{21} + m_{22}\eta_{\text{out}})}, \tag{2.47}$$

$$t = \frac{\sqrt{\eta_{\text{out}}}}{\sqrt{\eta_{\text{in}}}} \frac{E_{\text{out}}}{E_{\text{in}}^+} = \frac{2\sqrt{\eta_{\text{in}}}\sqrt{\eta_{\text{out}}}}{\eta_{\text{in}}(m_{11} + m_{12}\eta_{\text{out}}) + (m_{21} + m_{22}\eta_{\text{out}})}. \tag{2.48}$$

方程(2.47)和方程(2.48)便是利用转移矩阵计算一维多层膜的反射系数和透射系数的公式,则反射率和透射率为 $R = |r(\omega)|^2$ 和 $T = |t(\omega)|^2$,吸收率为 $A = 1 - T - R$。以上的公式可以推广到任何一种材料层。

本章参考文献

[1] E. Yablonovitch. Inhibited spontaneous emission in solid-state physics and electronics[J]. Phys. Rev. Lett., 1987, 58: 2059-2062.

[2] S. John. Strong localization of photons in certain disordered dielectric superlattices[J]. Rev. Lett., 1987, 58(23): 2486-2489.

[3] J. B. Pendry, A. J. Holden, W. J. Stewart, et al. Extremely low frequency plasmons in metallic mesostructures[J]. Phys. Rev. Lett., 1996, 76: 4773-4776.

[4] J. B. Pendry, A. J. Holden, D. J. Robbins, et al. Magnetism from conductors and enhanced nonlinear phenomena [J]. IEEE Transactions on Microwave Theory and Techniques, 1999, 47: 2075-2084.

[5] D. R. Smith, W. J. Padilla, D. C. Vier, et al. Cooper minima in the photoemission spectra of solids[J]. Phys. Rev. Lett., 2000, 84: 4184-4187.

[6] R. A. Shelby, D. R. Smith, S. C. Nemat-Nasser, et al. Microwave transmission through a two-dimensional, isotropic, left-handed metamaterial[J]. Appl. Phys. Lett., 2001, 78: 489-491.

[7] R. A. Shelby, D. R. Smith, S. Schultz. Experimental verification of a negative index of refraction[J]. Science, 2001, 292: 77-79.

[8] P. Yeh. Optical Waves in Layered Media[M]. New York: Wiley, 1988.

[9] K. S. Yee. Numerical solution of initial boundary value problems involving Maxwell's equations in isotropic media[J]. IEEE Trans. Antenna Propagat., 1966, 14: 302-307.

[10] K. S. Kunz, R. J. Luebbers. The Finite-difference time-domain method for electromagnetics[M]. Boca Raton Florida: CRC Press, 1993.

[11] A. Taflove. Computation electrodynamics: the finite-difference time-domain method[M]. Boston MA: Artech House, 1995.

[12] D. M. Sullivan. Electromagnetic simulation using the FDTD method[M]. New York: Wiley, 2000.

[13] S. Wu, N. Glytsis. Finite-number-of-periods holographic gratings with finite-width incident beams: analysis using the finite-difference frequency-domain method[J]. Opt. Soc. Am. A, 2002, 19: 2018-2029.

第 3 章

损耗型单负特异材料
透射性质的理论与实验

近些年,特异材料因其奇异的电磁特性及广泛的应用而成为国际上一个热门的研究领域。单负特异材料作为特异材料的一种,也引起了人们极大的研究兴趣。为了探索和发现单负特异材料的奇异特性及其潜在的应用,许多研究小组已经做出了很大的贡献。例如对电单负材料和磁单负材料组成的双层结构进行了研究,发现原来单层时都不透明的两种单负特异材料放在一起组成双层结构时,竟然可以发生共振隧穿的现象,导致结构完全透明(无损耗)。

我们知道,单负特异材料包括负介电常数材料(epsilon-negative materials,也被人们称为电单负材料,ENG)和负磁导率材料(mu-negative materials,也被人们称为磁单负材料,MNG)两种。如果考虑单负特异材料的损耗,则对于负介电常数材料,介电常数的实部小于零($\varepsilon_R < 0$),磁导率的实部大于零($\mu_R > 0$);而对于负磁导率材料,磁导率的实部小于零($\mu_R < 0$),介电常数的实部大于零($\varepsilon_R > 0$)。在自然界中,在其等离子体频率以下,金属是一种典型的负介电常数材料,而负磁导率材料很少见,因为其有着很多奇异的物理特性,所以在制备上人们提出了很多实现负磁导率的方法。例如,利用共振开口谐振环来实现负的磁导率材料,利用微加工技术制备出了在远红外波段的等效负磁导率,利用含共振单元的纳米结构得到了中红外波段的等效负磁导率,利用成对的纳米尺寸的圆台的周期性排列实现了光波段的负磁导率,等等。但是,从这些文献中发现,制备单负特异材料的原材料都是取自于金属材料,而对于金属材料,损耗是不可避免的,尤其是在红外和光波段,损耗已经限制了材料很多方面的应用。由于损耗的不可避免性,人们对如何减小损耗也做了很多工作。例如,在结构中加入增益材料以后,结构的透射率得到了提高,但是却使其结构的负折射性质消失;银膜被分成了多份后与介质形成金属-介质周期性结构后,银膜的透射率得到了很大的提高,但是付出的代价却是银膜由整块分成了小块;等等。由此可见,损耗对于单负特异材料的研究是不可避免、刻不容缓的任务。

在其等离子体频率以下,金属可以看作损耗的电单负材料,电磁波入射时在入射界面上有强烈的反射,电磁波根本无法进入结构,导致结构的透射率很低,由于很少的电磁波进入结构导致此时的吸收率也不大。因此,对于损耗型单负特异材料介质(结构),入射界面上的反射和结构的吸收二者都对透射有影响。众所周知,对于损耗型介电材料,随着耗散系数的增大,由于反射和吸收的同时增大,导致透射的单调降低。然而,我们发现在损耗型单负特异材料介质中,反射将随着耗散系数的增大而减小,这个现象将导致损耗型单负特异材料介质的透射性质与介电材料透射性质的不同。过去人们在研究损耗型材料的透射性质时,很少从损耗对结构的反射效应影响的角度去考虑问题。在本章中,我们将从损耗角度对结构反射效应的影响入手,讨论单层和双层损耗型单负特异材料结构的透射性质。

3.1 非单调透射性质的物理机制

考虑一个由空气层和半无限介质层组成的双层结构,它们的折射率分别为 1 和 n。由菲涅尔公式可以写出空气层和介质层之间的界面上的反射率表达式为

$$R = \frac{(1 - n_R)^2 + n_I^2}{(1 + n_R)^2 + n_I^2}, \tag{3.1}$$

其中,n_R 和 n_I 分别代表介质层折射率 n 的实部和虚部。

现在,我们分析两种情况:第一种是半无限介质层为介电材料 ($n_R > n_I$) 时,双层结构的反射率 R 随折射率虚部的变化情况;第二种是半无限介质层为单负特异材料 ($n_R < n_I$) 时,双层结构的反射率 R 随折射率实部的变化情况。在第一种情况时,假设折射率的实部 n_R 不变,考虑半无限介质分别为两种不同的介电材料时的结构反射率分别为 R_1 和 R_2,则由公式(3.1)可以推导出 R_1 和 R_2 之差随着折射

率虚部的变化趋势为

$$R_2 - R_1 \propto (n_{2I} - n_{1I})(n_{2I} + n_{1I}). \tag{3.2}$$

从公式(3.2)可以分析,当 $n_{2I} > n_{1I}$ 时 $R_2 > R_1$,这个结果说明如果介电材料的吸收越大(也就是说,n_I 越大),会有越多的电磁波将被反射。因此,对于空气和半无限介质结构,随着介电材料损耗的增大,反射率和吸收率都增大,导致结构的透射率降低。然而,对于空气层和单负特异材料层组成的双层结构,如果单负特异材料是理想材料,则由公式(3.1)可以得到反射率 R 为 1(由于折射率的实部为零);如果考虑单负特异材料的损耗(引入折射率的实部),为了简单,假设折射率的虚部不变,随着折射率的实部增大(即损耗增大),由公式(3.1)可知反射率 R 将会单调降低,这个结果将导致更多的电磁波进入双层结构。因此,对于损耗型单负特异材料,如果反射率的降低幅度比材料吸收率的增大幅度小,将会导致透射率的降低;如果前者比后者的幅度大,将会导致透射率的提高。由此可见,在由损耗型单负特异材料组成的结构中,透射率将会发生非单调的变化,它将依赖于反射率和吸收率之间变化幅度的竞争关系。

3.2　损耗型单负特异材料单层结构的非单调透射性质

3.2.1　菲涅尔公式解析分析方法

单负特异材料包括负介电常数材料和负磁导率材料两种,可以用 Drude 模型来描述它们的参数性质。其中负介电常数材料的介电常数和磁导率表示为

$$\varepsilon_1 = 1 - \frac{\omega_{ep}^2}{\omega^2 + i\omega\gamma_e}, \tag{3.3}$$

$$\mu_1 = a, \tag{3.4}$$

而负磁导率材料的介电常数和磁导率表示为

$$\varepsilon_2 = b, \tag{3.5}$$

$$\mu_2 = 1 - \frac{\omega_{\mathrm{mp}}^2}{\omega^2 + \mathrm{i}\omega\gamma_\mathrm{m}}, \tag{3.6}$$

其中,ω_{ep} 和 ω_{mp} 分别表示电和磁等离子体频率,γ_e 和 γ_m 分别表示两种单负特异材料的耗散系数,ω 为圆频率(GHz),a 和 b 为正实数。由公式(3.3)—(3.6)可以看到,负介电常数材料和负磁导率材料的参数形式一样,所以在研究单层单负特异材料性质时,只需要研究一种既可。在这里我们只对负介电常数材料的透射性质进行研究。

考虑电磁波穿过一个单层损耗型负介电常数材料,周围是空气,如图 3.1 所示,材料的折射率为 n_1,厚度为 d_1。方程式(3.3)给出的介电常数是复数,设为 $\varepsilon_1 = \varepsilon_{1R} + \mathrm{i}\varepsilon_{1I}$,实部 ε_{1R} 和虚部 ε_{1I} 分别为

$$\varepsilon_{1R} = 1 - \frac{\omega_{\mathrm{ep}}^2}{\omega^2 + \gamma_\mathrm{e}^2}, \quad \varepsilon_{1I} = \frac{\omega_{\mathrm{ep}}^2 \gamma_\mathrm{e}}{\omega^3 + \omega\gamma_\mathrm{e}^2}. \tag{3.7}$$

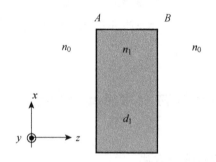

图 3.1　单层单负特异材料结构的示意图

则负介电常数材料的折射率 n_1 也是复数,其中 n_1 的实部 n_{1R} 和虚部 n_{1I} 与 ε_1 和 μ_1 之间满足如下关系:

$$n_{1R} = \left[\frac{1}{2}\mu_1 \left(\sqrt{(\varepsilon_{1R})^2 + (\varepsilon_{1I})^2} + \varepsilon_{1R}\right)\right]^{\frac{1}{2}}, \tag{3.8}$$

$$n_{1I} = \left[\frac{1}{2}\mu_1 \left(\sqrt{(\varepsilon_{1R})^2 + (\varepsilon_{1I})^2} - \varepsilon_{1R}\right)\right]^{\frac{1}{2}}. \tag{3.9}$$

现在,利用菲涅尔公式推导损耗型单负特异材料的反射率和透射率的表达式,

可以写出普适的菲涅尔公式为

$$r_\perp = \frac{\mu_1 n_0 \cos\theta_0 - \mu_0 n_1 \cos\theta_1}{\mu_1 n_0 \cos\theta_0 + \mu_0 n_1 \cos\theta_1}, \tag{3.10}$$

$$r_{/\!/} = \frac{\mu_0 n_1 \cos\theta_0 - \mu_1 n_0 \cos\theta_1}{\mu_0 n_1 \cos\theta_0 + \mu_1 n_0 \cos\theta_1}, \tag{3.11}$$

$$t_\perp = \frac{2\mu_1 n_0 \cos\theta_0}{\mu_1 n_0 \cos\theta_0 + \mu_0 n_1 \cos\theta_1}, \tag{3.12}$$

$$t_{/\!/} = \frac{2\mu_1 n_0 \cos\theta_0}{\mu_0 n_1 \cos\theta_0 + \mu_1 n_0 \cos\theta_1}, \tag{3.13}$$

其中，$n_j = \sqrt{\varepsilon_j \mu_j}$（$j = 0,1$ 分别为空气和负介电常数材料介质层），θ_0 和 θ_1 分别为入射角和折射角。在此，只研究电磁波垂直入射的情况，当电磁波垂直入射时 $\theta_0 = \theta_1 = 0$，$R_\perp = \mid r_\perp \mid^2 = R_{/\!/} = \mid r_{/\!/} \mid^2 = R$，$T_\perp = \mid t_\perp \mid^2 = T_{/\!/} = \mid t_{/\!/} \mid^2 = T$。结果同样可以推广到斜入射。

根据普适的菲涅尔公式(3.10)—(3.13)，可以写出平面电磁波垂直入射到单层负介电常数材料（两边的空间为空气 $n_0 = 1$）的 A，B 两个界面（图 3.1）上的反射系数和透射系数分别为

$$r_A = \frac{\mu_1 - n_1}{\mu_1 + n_1}, \quad r_B = \frac{n_1 - \mu_1}{\mu_1 + n_1},$$

$$t_A = \frac{2\mu_1}{\mu_1 + n_1}, \quad t_B = \frac{2n_1}{\mu_1 + n_1}.$$

由 $r_p = \rho\exp(\mathrm{i}\varphi_p)$，$t_p = \tau\exp(\mathrm{i}\chi_p)$（$p = A, B$）可以给出两个界面上反射系数和透射系数的振幅$(\rho, \tau)$和相位$(\varphi, \chi)$的表达式如下：

$$\rho_A^2 = \frac{(\mu_1 - n_{1R})^2 + n_{1I}^2}{(\mu_1 + n_{1R})^2 + n_{1I}^2}, \quad \tan\varphi_A = \frac{-2\mu_1 n_{1I}}{n_{1R}^2 + n_{1I}^2 - \mu_1^2}, \tag{3.14}$$

$$\rho_B^2 = \frac{(n_{1R} - \mu_1)^2 + n_{1I}^2}{(n_{1R} + \mu_1)^2 + n_{1I}^2}, \quad \tan\varphi_B = \frac{-2\mu_1 n_{1I}}{n_{1R}^2 + n_{1I}^2 - \mu_1^2}, \tag{3.15}$$

$$\tau_A^2 = \frac{4\mu_1^2}{(\mu_1 + n_{1R})^2 + n_{1I}^2}, \quad \tan\chi_A = \frac{\mu_1 n_{1I}}{\mu_1^2 + \mu_1 n_{1R}}, \tag{3.16}$$

$$\tau_B^2 = \frac{4(n_{1R}^2 + n_{1I}^2)}{(\mu_1 + n_{1R})^2 + n_{1I}^2}, \quad \tan\chi_B = \frac{-\mu_1 n_{1I}}{n_{1R}^2 + n_{1I}^2 + \mu_1 n_{1R}}. \tag{3.17}$$

根据反射系数和透射系数的公式

$$r = \frac{r_A + r_B \exp(-2i\delta_1)}{1 + r_A r_B \exp(-2i\delta_1)} = \rho \exp(i\varphi),$$

和

$$t = \frac{t_A t_B \exp(-i\delta_1)}{1 + r_A r_B \exp(-2i\delta_1)} = \tau \exp(i\chi),$$

可以得到单层损耗型单负特异材料的反射率和透射率的表达式如下：

$$R = \frac{\rho_A^2 \exp(2n_{1I}\beta_1) + \rho_B^2 \exp(-2n_{1I}\beta_1) + 2\rho_A\rho_B\cos(\varphi_B - \varphi_A - 2n_{1R}\beta_1)}{\exp(2n_{1I}\beta_1) + \rho_A^2\rho_B^2 \exp(-2n_{1I}\beta_1) + 2\rho_A\rho_B\cos(\varphi_B + \varphi_A - 2n_{1R}\beta_1)},$$

$$\tag{3.18}$$

$$T = \frac{\tau_A^2 \tau_B^2 \exp(-2n_{1I}\beta_1)}{1 + \rho_A^2\rho_B^2 \exp(-4n_{1I}\beta_1) + 2\rho_A\rho_B \exp(-2n_{1I}\beta_1)\cos(\varphi_B + \varphi_A - 2n_{1R}\beta_1)},$$

$$\tag{3.19}$$

其中，$\delta_1 = \frac{\omega}{c}n_1 d_1 = \beta_1 n_1$，$\beta_1 = \frac{\omega}{c}d_1$。

3.2.2 定向分析反射率和透射率的变化趋势

根据公式(3.3)—(3.19)，可以定向地分析单层损耗型负介电常数材料的反射率和透射率随着耗散系数的变化趋势。由公式(3.7)可知，对于某一个频率 ω，$\varepsilon_{1R} \propto -1/(\omega^2 + \gamma_e^2)$，随着耗散系数 γ_e 的增大 ε_{1R} 的绝对值呈现减小的趋势；$\varepsilon_{1I} \propto \gamma_e/\omega^3 (\gamma_e < \omega)$，随着耗散系数 γ_e 的增大 ε_{1I} 呈现增大的趋势。下面根据方程(3.8)和方程(3.9)，分析 n_{1R} 和 n_{1I} 随着耗散系数 γ_e 的变化，首先分析 n_{1R} 的变化。由于 μ_1 是一个正实数，则所求问题可以简化为计算微分式(3.20)的符号来解决：

$$\frac{\mathrm{d}(\sqrt{(\varepsilon_{1R})^2 + (\varepsilon_{1I})^2} + \varepsilon_{1R})}{\mathrm{d}\gamma_e}. \tag{3.20}$$

令 $\sqrt{(\varepsilon_{1R})^2 + (\varepsilon_{1I})^2} = a$ 和 $\varepsilon_{1R} = b$，则公式(3.20)可以等效为 $\frac{\mathrm{d}a}{\mathrm{d}\gamma_e} + \frac{\mathrm{d}b}{\mathrm{d}\gamma_e}$。其中

$$\frac{\mathrm{d}a}{\mathrm{d}\gamma_e} = \frac{1}{\sqrt{1 + \dfrac{\omega_{ep}^2(\omega_{ep}^2 - 2\omega^2)}{\omega^2(\omega^2 + \gamma_e^2)}}} \frac{\gamma_e \omega_{ep}^2(2\omega^2 - \omega_{ep}^2)}{\omega^2(\omega^2 + \gamma_e^2)^2}, \tag{3.21}$$

$$\frac{\mathrm{d}b}{\mathrm{d}\gamma_e} = \frac{2\omega_{ep}^2 \gamma_e}{(\omega^2 + \gamma_e^2)^2}. \tag{3.22}$$

下面通过方程式(3.21)和式(3.22)讨论 $\frac{\mathrm{d}a}{\mathrm{d}\gamma_e} + \frac{\mathrm{d}b}{\mathrm{d}\gamma_e}$ 的符号变化：

（i）当 $\omega = \frac{\sqrt{2}}{2}\omega_{ep}$，有 $\frac{\mathrm{d}a}{\mathrm{d}\gamma_e} = 0$ 和 $\frac{\mathrm{d}b}{\mathrm{d}\gamma_e} > 0$，则得到随着耗散系数 γ_e 的增大 n_{1R} 呈现增大的变化趋势。

（ii）当 $\omega < \frac{\sqrt{2}}{2}\omega_{ep}$，有 $\frac{\mathrm{d}a}{\mathrm{d}\gamma_e} < 0$ 和 $\frac{\mathrm{d}b}{\mathrm{d}\gamma_e} > 0$。假定 $\frac{\mathrm{d}a}{\mathrm{d}\gamma_e} + \frac{\mathrm{d}b}{\mathrm{d}\gamma_e} \leqslant 0$，可以化简得到

$$(\omega_{ep}^2 - 2\omega^2)(\gamma_e^2 - 3\omega^2) - 2\omega^2(\omega^2 + \gamma_e^2) \geqslant 0. \tag{3.23}$$

其中 $\omega_{ep}^2 - 2\omega^2 > 0$，$\gamma_e^2 - 3\omega^2 < 0(\gamma_e < \omega)$，$\omega > 0$ 和 $\gamma_e > 0$，所以不等式(3.23)不成立。因此，可以得到 $\frac{\mathrm{d}a}{\mathrm{d}\gamma_e} + \frac{\mathrm{d}b}{\mathrm{d}\gamma_e} > 0$。这个结果说明随着耗散系数 γ_e 的增大 n_{1R} 呈现增大的变化趋势。

（iii）当 $\omega > \frac{\sqrt{2}}{2}\omega_{ep}$，有 $\frac{\mathrm{d}a}{\mathrm{d}\gamma_e} > 0$ 和 $\frac{\mathrm{d}b}{\mathrm{d}\gamma_e} > 0$，则得到随着 γ_e 的增大 n_{1R} 呈现增大的变化趋势。

从上面的讨论可以得到随着耗散系数 γ_e 的增大 n_{1R} 呈现增大的变化趋势。同理，利用同样的方法可以分析 n_{1I} 随着耗散系数 γ_e 的变化，计算结果表明，n_{1I} 随着耗散系数 γ_e 的增大呈现减小的变化趋势。

以上分析了折射率实部 n_{1R} 和虚部 n_{1I} 随着 γ_e 增大的变化趋势，现在根据公式

(3.18)分析单层单负特异材料的反射率随着 γ_e 增大的变化。在公式(3.18)中，$\exp(-2n_{1I}\beta_1)$，$\cos(\varphi_B-\varphi_A-2n_{1R}\beta_1)$ 和 $\cos(\varphi_B+\varphi_A-2n_{1R}\beta_1)$ 三个表达式的绝对值都小于1，且随着耗散系数 γ_e 的增大它们三者的变化不足以影响反射率 R 的变化趋势，所以可以被忽略。这样式(3.18)化简后得到反射率 $R\propto\rho_A^2(\rho_B^2=\rho_A^2)$。从 ρ_A^2 的表达式(3.14)可以分析 ρ_A^2 随着 γ_e 的变化趋势。当固定 n_{1R} 不变时，化简可得

$$\rho_A^2=1-\frac{(\mu_1+n_{1R})^2-(\mu_1-n_{1R})^2}{(\mu_1+n_{1R})^2+n_{1I}^2}$$，分析可知 $\rho_A^2\propto n_{1I}$，而随着耗散系数 γ_e 的增大

n_{1I} 呈现减小的变化趋势；当固定 n_{1I} 不变时，化简可得 $\rho_A^2=1-\dfrac{4\mu_1 n_{1R}}{(\mu_1+n_{1R})^2+n_{1I}^2}$，

由于公式的分母和分子都包含了 n_{1R}，所以通过微分来分析 ρ_A^2 的变化，经微分计算

可得 $\dfrac{\partial\rho_A^2}{\partial n_{1R}}=\dfrac{n_{1R}^2-n_{1I}^2-\mu_1^2}{[(\mu_1+n_{1R})^2+n_{1I}^2]^2}$，由于在单负特异材料中 n_{1R} 永远小于 n_{1I}，所以

这个微分结果小于零，那么 ρ_A^2 随着 n_{1R} 的增大呈现减小的趋势。由此可知 ρ_A^2 随着 γ_e 的增大呈现减小的变化趋势。在此，利用金属银和金的真实参数来验证这个性质。对于波长为 $0.4~\mu m$ 的可见光，银的折射率的虚部 n_I 和实部 n_R 分别对应 1.95 和 0.173，而金的 n_I 和 n_R 分别为 1.956 和 1.658。通过对厚度都为 20 nm 的银和金计算后得到，在波长为 $0.4~\mu m$ 时，它们的反射率分别为 0.342 和 0.267。

同样，可以根据公式(3.19)分析透射率 T 随着耗散系数的变化趋势。随着耗散系数 γ_e 的增大，透射率 T 表达式的分母中的 $\rho_A^2\rho_B^2\exp(-4n_{1I}\beta_1)$ 和 $2\rho_A\rho_B\exp(-2n_{1I}\beta_1)\cos(\varphi_A+\varphi_B-2n_{1R}\beta_1)$ 两项由于变化小可以被忽略，则得到表达式 $T\propto\tau_A^2\tau_B^2\exp(-2n_{1I}\beta_1)$。现在分析 τ_A^2，τ_B^2 和 $\exp(-2n_{1I}\beta_1)$ 随着耗散系数 γ_e 的变化趋势。当耗散系数 γ_e 小时，在 τ_A^2 的分母中 $(\mu_1+n_{1R})^2$ 项随着耗散系数 γ_e 增大时的增加幅度比 n_{1I}^2 的降低幅度大，导致 τ_A^2 随着耗散系数的增大而减小。然而，当耗散系数 γ_e 大时，$(\mu_1+n_{1R})^2$ 项随着耗散系数 γ_e 增大时增加幅度减小，导致 τ_A^2 随着耗散系数 γ_e 增大而增加。因此，τ_A^2 随着耗散系数 γ_e 增大的变化趋势是非单调的，先减小后增大。根据公式(3.19)，τ_A^2 随着耗散系数 γ_e 增大，τ_B^2 和 $\exp(-2n_{1I}\beta_1)$ 变化趋势分别是减小和增大，导致了它们的乘积 $\tau_B^2\exp(-2n_{1I}\beta_1)$ 的变化趋势是非单调的，同样是先减小后增大。由此可见，随着耗散系数 γ_e 的增大，电磁

波透过单层负介电常数材料的透射率 T 的变化趋势是非单调的,先减小后增大。

3.2.3　非单调变化的透射性质

我们知道,对于理想的单负特异材料,折射率只有虚部,所以电磁波在其中只能以衰减波的形式存在,此时在入射界面上的反射率非常大,即进入介质的电磁波相当少。当考虑单负特异材料的损耗时,即在 Drude 模型中引入耗散系数后,耗散系数的变化不仅仅影响材料吸收率的变化,也同样影响入射界面上反射率的变化。为了更清楚地分析损耗型单负特异材料透射的变化,我们定量地对负介电常数材料的透射性质做了分析。在方程式(3.3)和式(3.4)中,选择 $a=3$,$\omega_{\mathrm{ep}}=10\,\mathrm{GHz}$,$d_1=15\,\mathrm{mm}$。

图 3.2 给出了频率为 0.8 GHz 的电磁波通过单层损耗型负介电常数材料时的透射率、反射率和吸收率随着耗散系数 γ_{e} 的变化。图中的实线、虚线和点线分别为透射率、反射率和吸收率的变化曲线。由实线的变化可以看到,随着耗散系数 γ_{e} 的增大,透射率呈现出了非单调的变化过程,这个结果与损耗型介电材料中透射率随着耗散系数的增大而单调减小的结果截然不同。现在通过反射率和吸收率两方面的变化来分析导致这个结果的原因。由图 3.2 中虚线的变化可知,随着耗散系数 γ_{e} 的增大,反射率呈现单调减小的变化,且变化趋于均匀变化。然而,对于吸收率则不同。当耗散系数 γ_{e} 较小时,吸收率随着耗散系数 γ_{e} 增大且增加的幅度较

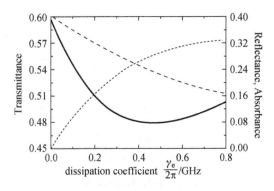

图 3.2　单层损耗型负介电常数材料介质的透射率、
反射率和吸收率随着耗散系数的变化曲线

大,导致了透射率的降低;当耗散系数 γ_e 较大时,吸收率随着耗散系数 γ_e 增大且增加的幅度减小,导致了透射率的提高。由此可知,在单层损耗型负介电常数材料中,透射率在耗散系数较大时反而会提高,即透射率随耗散系数增大的变化是非单调的。同理,由于负磁导率材料与负介电常数材料的对应关系,对于负磁导率材料可以得到同样的结论。

3.3 损耗型单负特异材料双层结构的非单调透射性质

3.3.1 随着耗散系数变化的非单调透射性质

现在,利用转移矩阵方法(具体见第 2 章)研究损耗型单负特异材料双层结构的透射性质。双层单负特异材料结构是由负介电常数材料层和负磁导率材料层组成的结构。对于双层单负特异材料结构,由于要满足麦克斯韦边界条件,会在两种单负特异材料之间的界面上形成界面模,如果两种单负特异材料的参数满足虚阻抗和虚相位匹配,则在匹配频率会出现隧穿的现象。因此,对于双层结构,透射随着频率的变化性质比单层要复杂,那么双层结构的透射性质是否对耗散系数的变化也同样复杂呢? 在这部分中,我们研究双层结构的透射率随单负特异材料中的耗散系数变化的性质。在方程式(3.3)—式(3.6)中,选择 $a = 1, b = 4, \omega_{ep} = 10\,\mathrm{GHz}$, $\omega_{mp} = 10\sqrt{3}\,\mathrm{GHz}$ 和 $d_1 = d_2 = 10\,\mathrm{mm}$。

利用转移矩阵方法,给出损耗型单负特异材料双层结构的透射率、反射率和吸收率随着负磁导率材料的耗散系数 γ_m 变化的曲线,如图 3.3 所示。在这里,假定负介电常数材料的耗散系数 $\gamma_e/2\pi = 0.2\,\mathrm{GHz}$,频率 $\omega/2\pi = 1\,\mathrm{GHz}$。图 3.3 中的实线、虚线和点线分别为透射率、反射率和吸收率的变化曲线。从图 3.3 中实线的变化可以得到,随着耗散系数 γ_m 的增大,透射率同样呈现了非单调的变化过程,先降低后提高。从图中的虚线和点线的变化分析反射率和吸收率的变化过程。随着耗散系数 γ_m 的增大,反射率一直都在减小,而吸收率增大的幅度却由大变小。因此,当吸收率增大的幅度小于反射率减小的幅度时就可以导致透射率由降低变为提高。换句话说,在双层损耗型单负特异材料结构中,透射随着耗散系数的增大显现了非单调的性质。

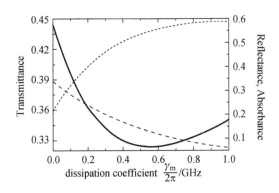

图 3.3　双层损耗型单负特异材料结构的透射率、
反射率和吸收率随着耗散系数的变化曲线

3.3.2　随着厚度变化的非单调透射性质

对于单负特异材料双层结构,透射性质与每一层材料的厚度也有很紧密的关系,尤其对于损耗型单负特异材料。通常来讲,损耗型材料的厚度越厚,材料的吸收率将会越大,导致透射率将会越小。但是,由于单负特异材料双层结构的特殊隧穿机制,材料厚度的影响是否与通常的情况一样呢? 现在,具体分析一组双层结构来给出结果。在这里,选择单负特异材料的参数为 $a = 6$, $b = 1$, $\omega_{ep} = 10\,\text{GHz}$, $\omega_{mp} = 10\sqrt{3}\,\text{GHz}$, $\gamma_e/2\pi = 0.01\,\text{GHz}$ 和 $\gamma_m/2\pi = 0.3\,\text{GHz}$。令 $d_1 = 15\,\text{mm}$ 不变,分析双层结构的透射率与负磁导率材料厚度 d_2 的变化关系。

利用转移矩阵方法,给出损耗型单负特异材料双层结构在频率为 $1.05\,\text{GHz}$ 时的透射率、反射率和吸收率随着负磁导率材料厚度变化的曲线,如图 3.4 所示。同样,图中的实线、虚线和点线分别为透射率、反射率和吸收率的变化曲线。由图中的实线变化可以看到,随着负磁导率材料厚度 d_2 的增大,透射率呈现了非单调(先提高后降低)的变化过程。同样,我们通过反射率和吸收率的变化分析这个现象。从图 3.4 中的虚线和点线变化来看,当 d_2 小时,反射率减小的幅度大于吸收率增大的幅度,所以导致了透射率的提高;当 d_2 大时,它们二者的变化幅度相反,所以此时的透射率降低了。

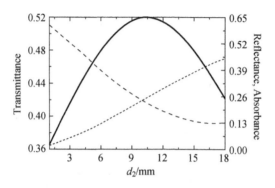

图 3.4　双层损耗型单负特异材料结构的透射率、反射率和吸收率随着负磁导率材料厚度的变化曲线

3.4　实验验证

主要从实验上验证微波段损耗型单负特异材料的非单调透射特性,这些性质很容易在其他波段得以推广。实验设计中,以易于实现的左右手复合(CRLH)传输线来实现单负特异材料,在此基础上并联嫁开路旁支电感实现了损耗型单负特异材料,进而在实验上验证耗散系数及损耗材料的厚度对损耗型单负特异材料单层及双层透射率的影响。

3.4.1　单负特异材料的制备

2002 年,Eleftheriades 和 Itoh 等人分别提出了传输线模型,并在微波段实现了特异材料。随后,Engheta 进一步给出了各种无损耗的特异材料以及正常材料的传输线模型。当偏振和内部支持的电磁场确定后,复合材料的等效磁导率和介电常数可以由模型的单位长度,并、串联集总元件确定。随着这一思路的发展,多种结构的传输线都可以用来实现特异材料。尤其是基于微带线的特异材料是通过平面工艺加工的,因而它的制备非常简单,其实用性大大提高。在这里,将利用左右手复合(CRLH)传输线来实现单负特异材料,在此基础上并联嫁开路旁支电感实现了损耗型单负特异材料。

实验中所用到的样品是通过微波平面电路加工工艺与表面封装元件(如贴片电容、电感)结合制备的。具体步骤是:先通过 AutoCAD, Protel 等专业设计软件将仿真设计的模型转变成可以用于加工的图纸。而现在许多商业仿真软件,如 HFSS, CST 等更提供了许多方便的模型转换接口,可以方便地将仿真模型转变为设备能够识别的设计图纸,在此过程中,应尽可能确保设计图纸与仿真模型的一致性。然后利用德国 LPKF 公司生产的 Protomat M100/HF 平面电路刻板机在厚度为 1.6 mm(或 1.0 mm)介电常数为 4.75 的 FR-4(环氧树脂复合玻璃纤维布覆铜线)上进行精细的刻剥和并在规定的位置打洞,最后在需要的位置上焊接贴片电容和贴片电感元件,这样就形成了实验所需的样品。图 3.5 给出了样品的一维特异材料的剖面图。

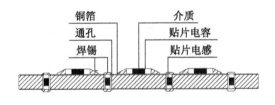

图 3.5　一维特异材料剖面图

1. 基于微带线的单负特异材料的制备

左右手复合传输线是通过在普通微带传输线上周期性加载集总 L-C 元件来实现的。普通微带传输线是 20 世纪 50 年代发展起来的一类微波传输线,具有小型、轻质、频带宽、可集成等特点。微带线的基本结构如图 3.6 所示,由介电常数为 ε_r 的介质基板、下表面的金属接地板以及上表面的金属微带组成。微带线属于半开放、部分填充介质的传输线,可以看成是由双导线传输线演变而来。由于空气-介质界面的存在,其中传播的电磁波必须同时满足导体边界条件和界面边界条件,这就导致了在其中传播的电磁波只能工作在准 TEM 模式下。

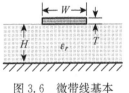

图 3.6　微带线基本结构示意图

在普通微带线中周期地加载集总的串联电容 C_L,并联电感 L_L,可以实现有效的单负特异材料,称之为复合左右手传输线。图 3.7 是 CRLH 传输线的基本单元及其等效电路,由分布参数为 L_R 和 C_R,单元长度为 d 的微带线和加载的集总元件组成。当周期单元的长度远小于导波波长时,则由图 3.7 所示的基本单元组成的传输线可以被认为是等效均匀的, $d=\lambda_g/4$ (λ_g 为导波波长)为等效均匀的极限,经过周期性分析,则得到它的色散关系为

$$\cos(\beta d) = \cos(kd)\Big(1 - \frac{1}{4\,(2\pi f)^2 L_L C_L}\Big) +$$

$$\sin(kd)\Big(\frac{1}{4\pi f C Z_0} + \frac{Z_0}{4\pi f L_L}\Big) - \frac{1}{4\,(2\pi f)^2 L_L C_L}, \tag{3.24}$$

其中, β 为布洛赫传播常数, $Z_0 = \sqrt{\mu/\varepsilon_{re}}$ 为微带线的特征阻抗, $k = \omega\sqrt{\varepsilon_{re}\mu}$ 为微带线的传播常数。在 $\beta d \ll 1$ 和 $kd \ll 1$ 的近似条件下有

$$\beta = \pm\,2\pi f \sqrt{\Big(L_R - \frac{1}{(2\pi f)^2 C_L d}\Big)\Big(C_R - \frac{1}{(2\pi f)^2 L_L d}\Big)}, \tag{3.25}$$

则它的等效介电常数和磁导率为

$$\varepsilon \approx \Big(C_0 - \frac{1}{(2\pi f)^2 L_L d}\Big)/(\varepsilon_0 \cdot p), \tag{3.26}$$

$$\mu \approx p \cdot \Big(L_0 - \frac{1}{(2\pi f)^2 C_L d}\Big)/\mu_0, \tag{3.27}$$

其中, f 为频率, p 为微带线的结构常数。

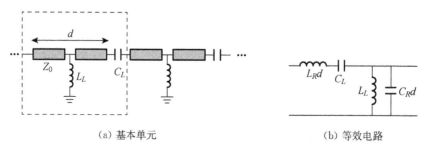

（a）基本单元　　　　　　　　　　（b）等效电路

图 3.7　CRLH 传输线

在实际的微带线设计与应用中,需要知道具体微带线的结构常数 p,对于由一定参数的微带线构成的 CRLH 传输线来说,它的结构常数为

$$p = \begin{cases} \ln \dfrac{\dfrac{8H}{W} + \dfrac{W}{4H}}{2\pi} & (W/H \leqslant 1), \\[3mm] \left[\dfrac{W}{H} + 1.393 + 0.667\ln\left(\dfrac{W}{H} + 1.444\right)\right] - 1 & (W/H > 1), \end{cases} \tag{3.28}$$

在实验上所使用的 CRLH 传输线的介质基材为介电常数 4.75(1 GHz 时),厚度为 1.6 mm 的 FR-4(环氧树脂复合玻璃纤维布覆铜板),微带线的特征阻抗设计为 50 Ω,所以 $p \approx 4.05$, $\varepsilon_{re} \approx 3.57$, $\mu_{re} \approx 1.0$。在结构单元中通过选择不同的单元长度,加载不同的电容和电感实现所需频段的单负特异材料。

2. 损耗型单负特异材料的制备

通过在基于 CRLH 传输线实现的接近无损的单负特异材料的基础上,在主支路上嫁接并联开路旁支电感实现带有可调辐射损耗的单负特异材料。图 3.8 中给出了损耗型 CRLH 传输线的单元结构及等效电路的示意图。图中的参数 d, Z_0, ω 和 Z 分别表示单元结构的长度、CRLH 传输线主线的特征阻抗、旁支开路微带线的宽度及其特征阻抗。我们知道,可以根据两端口传输线理论将开路旁支电感等效看作是并联的导纳 Y,如图 3.8(b)所示。根据传输线理论中的传输矩阵,经过开路旁支电感的传输矩阵为

$$\begin{bmatrix} 1 & 0 \\ Y & 1 \end{bmatrix} = \begin{bmatrix} 1 & 0 \\ -\mathrm{i}\dfrac{1}{Z}\tan\theta + \dfrac{\alpha}{Z} & 1 \end{bmatrix} \tag{3.29}$$

其中,θ 为旁支电感的电长度,α 为导纳随特征阻抗变化的比例因子。

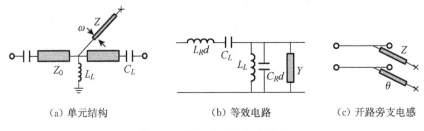

(a) 单元结构　　　　　(b) 等效电路　　　　　(c) 开路旁支电感

图 3.8　损耗型 CRLH 传输线

这样可以得到损耗型电单负特异材料的等效相对介电常数和磁导率的表

达式：

$$\varepsilon_{ENG} = \varepsilon_{ENG}(f) \approx -\,\mathrm{i}\,\frac{1}{2\pi f} \cdot \frac{\mathrm{i}2\pi f C_R - \mathrm{i}\,\dfrac{1}{2\pi f L_L} + \mathrm{i}\,\dfrac{\tan\theta}{2\pi f Z} + \dfrac{\alpha}{Z}}{\varepsilon_0 \cdot p}$$

$$= \frac{C_R + \dfrac{\tan\theta}{(2\pi f)^2 Z} - \dfrac{1}{(2\pi f)^2 L_L}}{\varepsilon_0 \cdot p} - \mathrm{i}\,\frac{\dfrac{\alpha}{2\pi f Z}}{\varepsilon_0 \cdot p} \tag{3.30}$$

$$= \varepsilon_R(f) + \mathrm{i}\varepsilon_I(f),$$

$$\mu_{ENG} \approx p \cdot \frac{L_R - \dfrac{1}{(2\pi f)^2 C d}}{\mu_0}. \tag{3.31}$$

对于旁支电感,它的辐射损耗的大小跟它的宽度是有关的,宽度越大损耗就越大,这样可以设计不同的宽度得到不同的辐射损耗。从式(3.30)可以看到随着旁支电感宽度的增加,特征阻抗在减小,而等效相对介电常数的实部在增加,这样可得到与前面理论分析类似的规律。随着介电常数的实部增加,从而导致折射率的实部增加相当于增加了辐射损耗。

3.4.2 仿真和实验结果

为了在微带线上实现一维的单负特异材料,选择了一定的电路参数进行建模,并进行了 CST Microwave Studio 软件仿真和电磁参数的分析。通过 CRLH 传输线,设计了两种单负特异材料,负介电常数(ENG)传输线和负磁导率(MNG)传输线,选择 ENG 传输线的单元长度 $d_{ENG} = 7.2\ \mathrm{mm}$,加载的电容 $C = 5.1\ \mathrm{pF}$,电感 $L = 5.6\ \mathrm{nH}$,MNG 传输线的单元长度 $d_{ENG} = 8\ \mathrm{mm}$,加载的电容 $C = 1\ \mathrm{pF}$,电感 $L = 10\ \mathrm{nH}$。根据公式(3.26)和式(3.27),可以得到无损耗时两种 ENG 和 MNG 传输线在有效均匀条件下的有效介电常数和磁导率分别为

$$\varepsilon_{ENG} = 3.57 - \frac{17.5}{f^2}, \quad \mu_{ENG} = 1.0 - \frac{2.22}{f^2},$$

$$\varepsilon_{MNG} = 3.57 - \frac{8.4}{f^2}, \quad \mu_{MNG} = 1.0 - \frac{4.86}{f^2}. \tag{3.32}$$

1. 损耗型单负特异材料单层结构的非单调透射变化实验验证

根据以上思路,在 ENG 传输线的主支路上并联嫁接开旁支电感,实现损耗型 ENG 传输线,如图 3.9 为仿真结构图。图 3.10 给出了损耗递增的实验结构图。仿真和实验中用到的 ENG 传输线的结构常数为,单元长度 $d_{\mathrm{ENG}} = 7.2\,\mathrm{mm}$,加载的电容 $C = 5.1\,\mathrm{pF}$,电感 $L = 5.6\,\mathrm{nH}$。通过改变旁支电感的宽度来改变损耗的大小,旁支电感的宽度分别为 $\omega = 0.5\,\mathrm{mm}$,$1.5\,\mathrm{mm}$ 和 $2.5\,\mathrm{mm}$。实验中所使用的测量设备为 Agilent 公司生产的双端口 8722ES 网络分析仪。它的工作频率范围为 $50\,\mathrm{MHz}$ 到 $40\,\mathrm{GHz}$。我们实验中所用的频率范围一般为 $50\,\mathrm{MHz}$ 到 $5\,\mathrm{GHz}$。在测试过程中,样品通过同轴电缆与网络分析仪连接,在实验中测量 S 参数及其相位特性。在图 3.11 中给出了损耗型单层电单负特异材料的透反射系数的数值仿真结果和实验测量结果。从图中可以看到随着辐射损耗的增加,在 $1.0\sim20\,\mathrm{GHz}$ 频率范围内反射系数是单调递减的,透射系数是先减小后增加的,从而验证了单负特异材料随耗散系数增大时透射率的非单调变化规律。

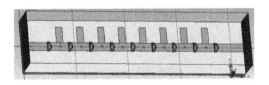

图 3.9 损耗型 ENG 传输线的仿真结构图

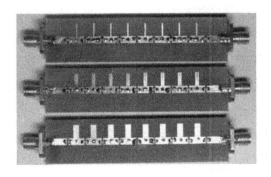

图 3.10 辐射损耗递增的损耗型 ENG 传输线实验结构图

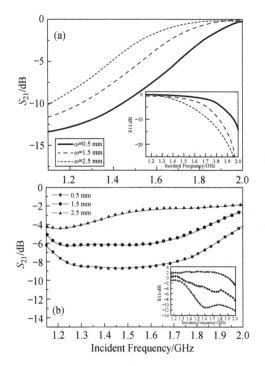

图 3.11　损耗型 ENG 传输线的透射反射谱

(a) 仿真结果；(b) 实验结果

2. 损耗型单负特异材料双层结构的非单调透射变化实验验证

对于损耗型单负特异材料双层结构,由于要满足麦克斯韦边界条件,会在两种单负特异材料之间的界面上形成界面模,如果两种单负特异材料的参数满足虚阻抗和虚相位匹配,则在匹配频率会出现隧穿的现象。因此,对于双层结构,透射随着频率的变化性质比单层要复杂,那么双层结构的透射性质是否对耗散系数的变化也同样复杂呢? 在这部分中,通过数值仿真和实验分析的方法研究了双层结构的透射率随单负特异材料中的损耗系数变化的性质。

仿真和实验中用到的 ENG 传输线和 MNG 传输线的结构常数为,ENG 传输线的单元长度 $d_{ENG} = 7.2\,mm$,加载的电容 $C = 5.1\,pF$,电感 $L = 5.6\,nH$,MNG 传输线的单元长度 $d_{ENG} = 8\,mm$,加载的电容 $C = 1\,pF$,电感 $L = 10\,nH$。因为研究的

是损耗对双层单负特异材料结构透射性质的影响,所以在 ENG 传输线上嫁接了并联开路旁支电感,通过改变旁支电感的宽度来调节辐射损耗的大小,旁支电感的宽度分别为 $\omega = 0.5\,\mathrm{mm}$, $1.5\,\mathrm{mm}$ 和 $2.5\,\mathrm{mm}$。图 3.12 给出了损耗型单负特异材料双层结构的仿真图。

图 3.12　损耗型单负特异材料双层结构的仿真图

将 CST 仿真软件中设计的仿真模型通过 AutoCAD 专业设计软件转变为可以用于加工的图纸,然后通过微波平面电路加工工艺制备出实验样品再焊接所需的贴片电容和电感制备出损耗型单负特异材料双层结构,如图 3.13 所示。

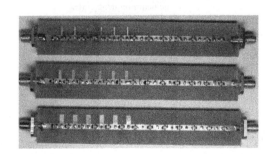

图 3.13　损耗型单负特异材料双层结构的实验图

通过 CST 仿真软件可以得到透反射率的数值仿真数据即 S 参数,如图 3.14(a)所示;通过网络分析仪测量的 S 参数,如图 3.14(b)所示。从图 3.14(a)和图 3.14(b),可以看到在频率范围 $1.1 \sim 1.56\,\mathrm{GHz}$ 内,损耗型单负特异材料双层结构的反射率随着损耗的增大是单调递减的,而透射率则是递增的。实验结果基本上与仿真结果一致,由于 ENG 传输线和 MNG 传输线构成的双层结构比较长而且焊接的元器件也比较多,实验过程中存在较多的误差,导致实验值和理想的数值仿真值之间存在差别。

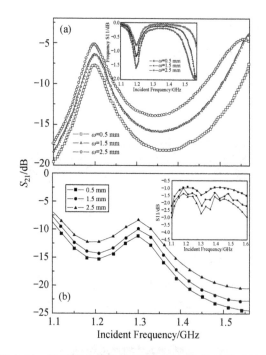

图 3.14　损耗型单负特异材料双层结构的透射反射谱

（a）仿真结果；（b）实验结果

3. 随着厚度变化的非单调透射性质仿真验证

现在，具体分析一组不同厚度的损耗型单负特异材料双层结构的透射性质。在这里，选择单负传输线的参数为：ENG 传输线的单元长度 $d_{\text{ENG}} = 7.2\,\text{mm}$，加载的电容 $C = 5.1\,\text{pF}$，电感 $L = 5.6\,\text{nH}$，MNG 传输线的单元长度 $d_{\text{ENG}} = 8\,\text{mm}$，加载的电容 $C = 1\,\text{pF}$，电感 $L = 10\,\text{nH}$。

依然采用数值仿真的方法研究损耗型单负特异材料的厚度对单负特异材料双层透射性质的影响。图 3.15 中给出了不同厚度损耗型单负特异材料双层的仿真图。从图中可以看到通过加载损耗型电单负的单元来改变双层单负特异材料的厚度的。图 3.16 中给出了厚度分别为 46.8 mm，62.4 mm，85.2 mm 的单负特异材料双层结构的反射率和透射率的数值仿真结果。从图中可以看到，在频率范围为 1.51～1.543 GHz 内，损耗型单负特异材料双层结构的反射率随着损耗电单负传输线的加长呈现递减的趋势，而透射率呈现递增的趋势。

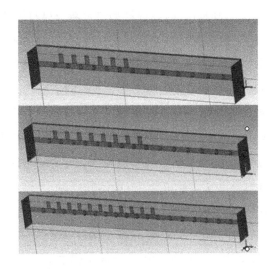

图 3.15　损耗型单负双层结构的透射反射谱的仿真图

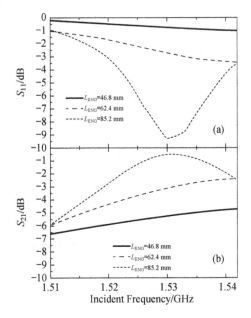

图 3.16　不同厚度损耗型单负特异材料双层结构

(a) 反射率数值仿真图；(b) 透射率数值仿真图

在传统的观念中人们普遍认为,在损耗型单负特异材料中,随着耗散系数或者厚度的增大,透射率的变化必然是单调递减的。然而,在本章的研究中发现了意料之外的结果。本章分别利用菲涅尔公式的解析计算方法和转移矩阵的数值计算方法研究了损耗型单负特异材料单层和双层结构,得到了结构的透射率随着单负特异材料的耗散系数或者厚度增大呈现非单调的变化规律。

首先,利用菲涅尔公式的解析计算方法分析了损耗型单负特异材料单层结构,单负特异材料的参数由 Drude 模型给出。研究结果表明,当单负特异材料的耗散系数增大时,折射率的实部随之增大,虚部随之减小,这个结果导致了入射界面上反射率的降低,即改善了入射界面上阻抗的匹配程度。当反射率降低时,有更多的电磁波进入结构中,如果反射率的减小幅度小于结构吸收率的增大幅度,将会导致结构的透射率降低;如果反射率的减小幅度大于结构吸收率的增大幅度,将会导致结构的透射率提高。在单层结构中我们发现,当耗散系数较小时,反射率的减小幅度小于结构吸收率的增大幅度,所以透射率降低了;当耗散系数较大时,反射率的减小幅度大于结构吸收率的增大幅度,所以透射率提高了。由此可见,透射率随着耗散系数增大而呈现非单调的变化规律是单负特异材料特有的性质。

其次,利用转移矩阵的数值计算方法分析了损耗型单负特异材料双层结构,同样单负特异材料的参数也由 Drude 模型给出。由于结构是由负介电常数材料和负磁导率材料组成,所以结构的透射率也拥有随着耗散系数增大而呈现非单调的变化关系。

最后,利用转移矩阵方法分析了损耗型单负特异材料双层结构的透射率随着其中一种材料厚度的变化关系。在双层结构中,两种单负特异材料都有损耗,固定其中损耗小的材料厚度,分析透射率随损耗大的材料厚度增大的变化。结果表明,随着透射率随损耗大的材料厚度增大,结构透射率开始提高,到最大值后开始降低,呈现了非单调的变化趋势,这也是由于反射率的减小幅度和吸收率的增大幅度两者之间的竞争结果。

同时,在 3.4 节,利用数值仿真和实验测量的方法分析了损耗型单负特异材料单层和双层结构的透射性质,在实验上验证了以上的结论是正确的。

本章参考文献

[1] A. Alù, N. Engheta. Pairing an epsilon-negative slab with a mu-negative slab: resonance, tunneling and transparency[J]. IEEE Transactions on Antennas and Propagation, 2003, 51: 2558-2571.

[2] 董丽娟,江海涛,杨成全,等. 负介电常数材料与负磁导率材料双层结构的透射特性[J]. 物理学报,2007,56(8):4657-4660.

[3] H. T. Jiang, H. Chen, H. Q. Li, et al. Properties of one-dimensional photonic crystals containing single-negative materials[J]. Phys. Rev. E, 2004, 69: 066607-066611.

[4] H. T. Jiang, H. Chen, H. Q. Li, et al. Omnidirectional gaps of one-dimensional photonic crystals containing single-negative materials[J]. Chin. Phys. Lett. , 2005, 22: 884-886.

[5] H. T. Jiang, H. Chen, H. Q. Li, et al. Compact high-Q filters based on one-dimensional photonic crystals containing single-negative materials[J]. Appl. Phys. , 2005, 98: 013101.

[6] G. S. Guan, H. T. Jiang, H. Q. Li, et al. Tunneling modes of photonic heterostructures consisting of single-negative materials[J]. Appl. Phys. Lett. , 2006, 88: 211112.

[7] K. Y. Kim. Properties of photon tunneling through single-negative materials[J]. Opt. Lett. , 2005, 30: 430-432.

[8] K. Y. Kim. Polarization-dependent waveguide coupling utilizing single-negative materials [J]. IEEE Photonics Tech. Lett. , 2005, 17: 369-371.

[9] P. Han, C. T. Chan, Z. Q. Zhang. Wave localization in one-dimensional random structures composed of single-negative metamaterials[J]. Phys. Rev. B, 2008, 77: 115332-115339.

[10] H. Xu, Z. Y. Wang, J. M. Hao, et al. Effective-medium models and experiments for extraordinary transmission in metamaterial-loaded waveguides[J]. Appl. Phys. Lett. , 2008, 92: 041122-041500.

[11] A. Alu, N. Engheta. Guided modes in a waveguide filled with a pair of single-negative, double-negative, and/or double-positivelayers[J]. IEEE Trans. Microwave Theory Tech. , 2004, 52: 199-210.

[12] Y. H. Chen. Defect modes merging in one-dimensional photonic crystals with multiple single-negative material defects[J]. Appl. Phys. Lett. , 2008, 92: 011925-011925.

[13] L. G. Wang, H. Chen, S. Y. Zhu. Omnidirectional gap and defect mode of one-dimensional photonic crystals with single-negative materials[J]. Phys. Rev. B, 2004, 70: 245102-245107.

[14] Y. H. Chen, J. W. Dong, H. Z. Wang. Twin defect modes in one-dimensional photonic crystals with a single-negative material defect[J]. Appl. Phys. Lett. , 2006, 89: 141101-141101.

[15] Y. Weng, Z. G. Wang, H. Chen. Band structures of one-dimensional subwavelength photonic crystals containing metamaterials[J]. Phys. Rev. E, 2007, 75: 046601-046604.

[16] A. Alù, N. Engheta. Polarizabilities and effective parameters for collections of spherical nanoparticles formed by pairs of concentric double-negative, single-negative, and/or double-positive metamaterial layers[J]. Appl. Phys. , 2005, 97: 094310-094310.

[17] H. T. Jiang, H. Chen, S. Y. Zhu. Localized gap-edge fields of one-dimensional photonic crystals with an ε-negative and a μ-negative defect[J]. Phys. Rev. E, 2006, 73: 046601-046605.

[18] H. Y. Li, Y. W. Zhang, L. W. Zhang, et al. Experimental investigation of mu negative of Bragg gap in one-dimensional composite right/left-handed transmission line[J]. Appl. Phys. , 2007, 102: 033711.

[19] S. Hrabar, L. Benic, J. Bartolic. Simple Experimental determination of complex permittivity or complex permeability of SNG metamaterials[J]. IEEE 2006 European Microwave Conference, 2006, 1395-1398.

[20] M. Hotta , M. Hano, I. Awai. Surface waves along a boundary of single-negative and double-positive materials[J]. 34th European Microwave Conference-Amsterdam, 2004, 1: 439-442.

[21] K. B. Alici, F. Bilotti, L. Vegni, et al. Miniaturized negative permeability materials[J]. Applied Physics Letters, 2007, 91: 071121-071123.

[22] S. Hrabar, G. Jankovic. Basic radiation properties of waveguides filled with uniaxial single-negative metamaterials[J]. Microwave Opt. Tech. Lett. , 2006, 48: 2587-2591.

[23] X. H. Deng, N. H. Liu. Tunable pair transmission in one-dimensional photonic crystals consisting of single-negative materials[J]. Chin. Phys. Lett. , 2007, 24: 3168-3171.

[24] M. G. Silveirinha. Nonlocal homogenization model for a periodic array of ε-negative rods [J]. Phys. Rev. E, 2006, 73: 046612-046621.

[25] J. B. Pendry, A. J. Holden, W. J. Stewart, et al. Extremely low frequency plasmons in metallic mesostructures[J]. Phys. Rev. Lett. , 1996, 76: 4773-4776.

[26] J. B. Pendry, A. J. Holden, D. J. Robbins, et al. Magnetism from conductors and enhanced nonlinear phenomena [J]. IEEE Transactions on Microwave Theory and Techniques, 1999, 47: 2075-2084.

[27] T. J. Yen, W. J. Padilla, N. Fang, et al. Terahertz magnetic response from artificial materials[J]. Science, 2004, 303: 1494-1496.

[28] S. Linden, C. Enrich, M. Wegener, et al. Soukoulis. magnetic response of metamaterials at 100 terahertz[J]. Science, 2004, 306: 1351-1353.

[29] H. O. Moser, B. D. F. Casse, O. Wilhelmi, et al. Response of a microfabricated rod-split-ring-resonator electromagnetic metamaterial[J]. Phys. Rev. Lett. , 2005, 94: 063901-063904.

[30] S. Zhang, W. Fan, B. K. Minhas, et al. Midinfrared resonant magnetic nanostructures exhibiting a negative permeability[J]. Phys. Rev. Lett. , 2005, 94: 037402-037405.

[31] A. N. Grigorenko, A. K. Geim, H. F. Gleeson, et al. Nanofabricated media with negative permeability at visible frequencies[J]. Nature, 2005, 438: 335-338.

[32] C. Rockstuhl, F. Lederer, C. Etrich, et al. Design of an artificial three-dimensional Composite metamaterial with magnetic resonances in the visible range of the electromagnetic spectrum[J]. Phys. Rev. Lett. , 2007, 99: 017401-017404.

[33] C. M. Soukoulis, S. Linden, M. Wegener. Negative refractive index at optical wavelengths[J]. Science, 2007, 315: 47-49.

[34] V. M. Shalaev, W. Cai, U. K. Chettiar, et al. Negative index of refraction in optical metamaterials[J]. Opt. Lett. , 2005, 30: 3356-3358.

[35] G. Dolling, C. Enrich, M. Wegener, et al. Simultaneous Negative Phase and Group Velocity of Light in a Metamaterial[J]. Science, 2006, 312: 892-894.

[36] M. P. Nezhad, K. Tetz, Y. Fainman. Gain assisted propagation of surface plasmon polaritons on planar metallic waveguides[J]. Opt. Express, 2004, 12: 4072-4079.

[37] A. K. Popov, V. M. Shalaev. Compensating losses in negative-index metamaterials by optical parametric amplification[J]. Opt. Lett. , 2006, 31: 2169-2171.

[38] A. K. Popov, V. M. Shalaev. Negative-index metamaterials: second-harmonic generation Manley-Rowe relations and parametric amplification [J]. Appl. Phys. B, 2006, 84:

131-137.

[39] M. I. Stockman. Criterion for negative refraction with low optical losses from a fundamental principle of causality[J]. Phys. Rev. Lett., 2007, 98: 177404-177407.

[40] M. C. Larciprete, C. Sibilia, S. Paoloni, et al. Accessing the optical limiting properties of metallo-dielectric photonic band gap structures[J]. Appl. Phys., 2003, 93: 5013-5017.

[41] L. J. Dong, G. Q. Du, H. T. Jiang, et al. Transmission properties of lossy single-negative materials[J]. Opt. Soc. Am. B, 2009, 26(5): 1091-1096.

[42] 唐晋发,郑权. 应用薄膜光学[M]. 上海:上海科学技术出版社,1984.

[43] 陈军. 现代光学及技术(电磁篇)[M]. 杭州:浙江大学出版社,1996.

[44] M. Born, E. Wolf. Principles of Optics[M]. Berlin: Pergamon, 1980.

[45] E. D. Palik. Handbook of Optical Constants of Solids[M]. Orlando, 1998.

[46] 刘艳红. 单负特异材料(Metamaterials)及类石墨烯光子晶体传输特性的研究[D]. 同济大学博士论文,2012,33-43.

[47] Y. H, Liu, H. T. Jiang, H. Chen, et al. Experimental investigation on transmission properties of lossy single-negative metamaterials[J]. European Physical Journal B, 2012, 85: 11-14.

第 4 章
含单负特异材料光子晶体的零有效相位能隙

在负介电常数材料和负磁导率材料组成的双层结构中,电磁波在跨越两种材料界面时,为了满足边界条件,必须局域在界面上。对某些满足特定条件(两种材料的特征阻抗和有效相移相等)的频率,这些界面模演变为共振隧穿模,导致了共振透射的发生。由负介电常数材料和负磁导率材料组合形成的波导具有普通较厚波导所没有的单模导波特性,组合在一起的负介电常数材料和负磁导率材料在某些特定条件下可以等效为双负特异材料,由两种单负特异材料形成的周期性结构则可以实现有效的负折射率频率通带。在两种半无限大的单负特异材料界面,则存在反向传播(相速度方向和群速度方向相反)的表面模,横电波和横磁波在单负特异材料中隧穿后将在空间上分开,这一特性可被用来设计新型偏振分光器。

单负特异材料不仅具有奇特的电磁性质,在制备上也比双负特异材料简单得多。例如,在制备双负特异材料的时候需要把制备负介电常数材料(通常用细金属导线阵列得到)和制备负磁导率材料(通常用开口金属谐振环阵列得到)的技术综合起来。此外,两个子结构(细金属导线阵列和开口金属谐振环阵列)组合在一起时,相互之间会发生耦合,导致各向异性的出现。相对而言,制备各向同性的单负特异材料要容易得多。这意味着含单负特异材料的一维光子晶体比含双负特异材料的一维光子晶体更容易实现。同时,可以想象含单负特异材料的一维光子晶体将具有普通一维光子晶体所没有的奇特性质。在本章中,利用转移矩阵和时域有限差分方法研究含单负特异材料的一维光子晶体的输运特性和潜在应用。

4.1 零有效相位能隙

考虑一个置于空气中的由负磁导率材料和负介电常数材料交替生长形成的一维光子晶体,如图 4.1 所示。负磁导率材料的介电常数和磁导率设为

$$\varepsilon_1 = \varepsilon_a, \quad \mu_1 = \mu_a - \frac{\alpha}{\omega^2}, \tag{4.1}$$

负介电常数材料的介电常数和磁导率设为

$$\varepsilon_2 = \varepsilon_b - \frac{\beta}{\omega^2}, \quad \mu_2 = \mu_b. \tag{4.2}$$

在方程式(4.1)和式(4.2)中,ω 是单位为 GHz 的圆频率,α 和 β 为可调的电路参数,负磁导率材料层和负介电常数材料层的厚度分别设为 d_1 和 d_2,结构的周期数设为 N。在以下的计算中,假设负磁导率材料和负介电常数材料均为各向同性的材料,并选取 $\mu_a = \varepsilon_b = 1$,$\varepsilon_a = \mu_b = 3$,$\alpha = \beta = 100$。

先考虑正入射的情形。假定入射电磁波的波矢 $\boldsymbol{k}$ 位于 xz 平面。在图 4.1 所

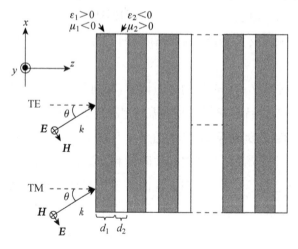

图 4.1 含单负特异材料的一维光子晶体的结构示意图

示的一维光子晶体中,位于 z 和 $z + \Delta z$ 处的电场分量和磁场分量通过以下转移矩阵相连接:

$$
\boldsymbol{M}_i(\Delta z) = \begin{pmatrix} \cosh(k_i \Delta z) & \dfrac{\mu_i}{\sqrt{|\varepsilon_i \mu_i|}} \sinh(k_i \Delta z) \\[4mm] \dfrac{\sqrt{|\varepsilon_i \mu_i|}}{\mu_i} \sinh(k_i \Delta z) & \cosh(k_i \Delta z) \end{pmatrix}, \qquad (4.3)
$$

其中, $i = 1, 2$ 分别代表负磁导率材料层和负介电常数材料层; $k_i = \sqrt{|\varepsilon_i \mu_i|}\, \omega / c$ 为单负特异材料中的有效波矢, c 为真空中的光速。对无限周期结构,采用 Bloch-Floquet 理论得到结构的色散方程:

$$
\cos \beta(d_1 + d_2) = \frac{1}{2} \mathrm{Tr}[\boldsymbol{M}_1(d_1) \boldsymbol{M}_2(d_2)] = \frac{1}{2} \mathrm{Tr} \boldsymbol{Q}, \qquad (4.4)
$$

其中, $\beta(d_1 + d_2)$ 为 Bloch 相位(Bloch 波数乘以晶格常数)。将方程(4.4)中的矩阵 $\boldsymbol{Q}$ 展开后可得

$$
\cos \beta(d_1 + d_2) = \cosh k_1 d_1 \cosh k_2 d_2 - \frac{1}{2}\left(\frac{\eta_1}{\eta_2} + \frac{\eta_2}{\eta_1} \right) \sinh k_1 d_1 \sinh k_2 d_2,
$$
$$
(4.5)
$$

其中, $\eta_i = \sqrt{|\mu_i / \varepsilon_i|}\,(i = 1, 2)$ 分别为负磁导率材料层和负介电常数材料层中的波阻抗。尽管在单层单负特异材料中只存在迅衰场,但在负磁导率材料和负介电常数材料交替生长形成的一维光子晶体中却存在着传播场。这一点可以用固体物理中的紧束缚模型来解释。在每一个原胞中,由于两种单负特异材料界面两侧的材料参数符号相反,为了满足边界条件(电场和磁场的切向分量在界面处连续),电场或磁场的导数在界面两侧必需异号或为零。这就导致电磁场能量的大部分局域在界面上,形成特殊的界面模式。当多个原胞组合成周期性结构时,各个原胞中的局域模之间会发生耦合,导致(简并)模式分裂并扩展成能带结构。频率位于通带中的电磁波的输运是通过隧穿机制实现的,完全不同于 Bragg 相干散射机制。这种能带形成的过程非常类似光子晶体耦合腔波导中杂质带的形成过程,即局域的电磁模之间发生交叠导致通带的出现。

图 4.2 给出了在不同的结构参数(材料的厚度)下,结构的色散关系。从图中可以看到,能带中存在左手(相速度方向和群速度方向相反)通带和右手通带。在特定条件下,左手通带和右手通带相交于一零相位点,如图 4.2(a)中的实线所示。一旦未满足这个特定条件,在零相位点将打开一个能隙。下面分析能隙打开的条件。由于在单负特异材料中只存在迅衰场,我们只能定义有效相位 $k_i d_i$(其中 k_i 为有效波矢,$i = 1, 2$ 分别代表负磁导率材料层和负介电常数材料层)。在负磁导率材料和负介电常数材料组成的单个原胞中,界面模演变为共振隧穿模时,其频率必须满足波阻抗和相位匹配条件:

$$\eta_1 = \eta_2, \tag{4.6}$$

$$k_1 d_1 = k_2 d_2. \tag{4.7}$$

满足方程(4.6)(波阻抗匹配条件)和方程(4.7)(相位匹配条件)的频率即是共振隧穿频率。从图 4.2(a)中的实线可知这个共振隧穿频率点位于第一布里渊区的 Γ 点,也是左、右手通带的转折点(隧穿点以下是左手通带,隧穿点以上则是右手通带)。在此共振隧穿频率点,电磁模的群速度不为零,这与通常的 Bragg 能带中布里渊区边界处的电磁模群速度为零完全不同,说明对应隧穿点的电磁模不是驻波而是很奇特的波。图 4.3 给出了对应共振隧穿频率点的电场分布。由图可见,场分布具有周期性。在每一原胞中,电场对称地分布在负磁导率材料和负介电常数

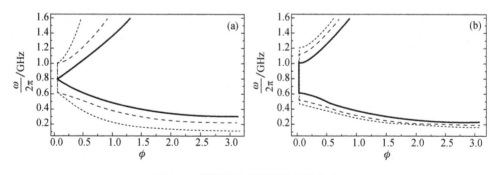

图 4.2 不同结构参数下的色散关系

注 (a) 实线:$d_1 = d_2 = 12\,\text{mm}$;虚线:$d_1 = 12\,\text{mm}$, $d_2 = 6\,\text{mm}$;点线:$d_1 = 6\,\text{mm}$, $d_2 = 3\,\text{mm}$。
(b) 能隙宽度随 d_1/d_2 的变化关系,$d_1 = 12\,\text{mm}$。实线:$d_1/d_2 = 2$;虚线:$d_1/d_2 = 3$;点线:$d_1/d_2 = 4$。

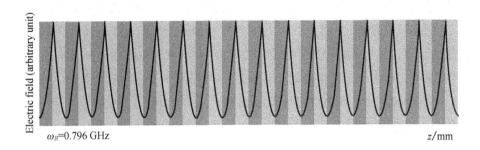

图 4.3　对应共振隧穿频率的场强分布

材料中。这种特殊的场分布构形使得电磁波在隧穿过一维光子晶体后没有任何相位延迟。方程(4.7)表示的相位匹配条件在能隙的打开中至关重要。对满足波阻抗匹配条件的频率,如果负磁导率材料中的有效相位不等于负介电常数材料中的有效相位,由于共振隧穿的条件不满足,在零相位点将打开一个能隙,如图 4.2(a)中的虚线和点线所示。相位失配越大,能隙宽度也越大,如图 4.2(b)所示。由于这种能隙是在左、右手通带之间的零相位点打开的,因而称之为零有效相位能隙。

　　零有效相位能隙下面的左手通带的形成跟负磁导率材料和负介电常数材料的特性密切相关。对无损耗的负磁导率材料,其特征阻抗是纯电容性的;而对无损耗的负介电常数材料,其特征阻抗则是纯电感性的。我们知道,在用紧束缚模型描述的光子晶体耦合腔波导的杂质带中,耦合常数的符号决定杂质带的色散特性[正常色散(右手性)还是反常色散(左手性)],而耦合常数的符号取决于相邻缺陷的电场之间的交叠积分。在普通的一维光子晶体中,耦合常数小于零,仅存在正常色散。但是在由两种单负特异材料交替生长形成的一维光子晶体中,当电磁波从纯容性的负磁导率材料传播到纯感性的负介电常数材料时,电场的相位会有一个 π 的跃变。这个跃变有可能导致耦合常数从小于零变为大于零,从而在光子能隙中出现左手通带。

　　由于零有效相位能隙的产生源于隧穿机制而不是 Bragg 相干散射机制,因而它跟 Bragg 能隙有着本质的不同。在图 4.2(a)中,虚线为 $d_1 = 12\,\mathrm{mm}$, $d_2 = 6\,\mathrm{mm}$ 时结构的色散关系,点线为 d_1, d_2 同时缩小至原来的 1/2 后结构的色散关系。从虚线和点线的比较中可以发现,零有效相位能隙跟晶格常数的标度无关。此外,图

4.2(b)给出了零有效相位能隙随两种单负特异材料厚度的比值(d_1/d_2)的变化关系。从图中可以看到,当d_1/d_2从2(实线所示)增加到4(虚线所示),再增加到4(点线所示)时,零有效相位能隙的宽度在不断加大,而能隙的中心却几乎不动。这一点明显不同于Bragg能隙。对Bragg能隙,给定材料参数,随着两种材料厚度的比值增加,能隙的中心位置将发生显著的移动,同时能隙的宽度也会变化一些(可能增大,也可能缩小)。

对有限周期结构,每一层中的场为前向衰减的迅衰场和反向衰减的迅衰场的叠加。结构的透射率和场分布通过转移矩阵方法得到。图4.4计算了周期数为16的结构的透射率随不同的结构参数的变化情况。其中,实线为$d_1 = 12$ mm,$d_2 = 6$ mm时结构的透射率;点线为d_1,d_2同时缩小至原来的2/3后结构的透射率;虚线则为d_1,d_2存在± 4 mm("+"和"−"出现的概率相同)的涨落,但$\overline{d_1}$[负磁导率材料的平均厚度(总厚度/周期数)]保持为12 mm,$\overline{d_2}$(负介电常数材料的平均厚度)保持为6 mm时,结构的透射率。从实线和点线的比较中可见,零有效相位能隙几乎不随晶格常数的标度变化,这一特性可用来设计基于零有效相位能隙的小型化微波器件。图4.4中的虚线则揭示了零有效相位能隙不同于Bragg能隙的另一个奇异性质:零有效相位能隙对晶格常数的涨落很不敏感。一般而言,基于长程相干散射机制形成的Bragg能隙对无序比较敏感。例如,工艺误差(tolerance)引入的晶格常数涨落有可能会破坏Bragg能隙。与此相反,源于局域共振机制产生的零有效相位能隙却几乎不随材料厚度涨落的变化,这将大大降低光子晶体生长过程中对工艺误差的要求。零有效相位能隙的这些性质跟周期性结构中奇特的场分布密切相关。图4.5给出了对应图4.4中零有效相位能隙带边频率的电场分布。其中,图4.5(a)对应低频带边的场分布,而4.5(b)则对应高频带边的场分布。从图中可以看到,当电磁波跨越负磁导率材料和负介电常数材料的界面时,为满足边界条件,其电场或磁场的导数必须变号,导致电磁波局域在两种单负特异材料的界面处。对应Bragg能隙低(高)频带边的电磁波能量集中在一维光子晶体中的高(低)折射率层中。因此,Bragg能隙随晶格常数标度的改变而显著变化。相反,在由负磁导率材料和负介电常数材料交替生长形成的一维光子晶体中,特殊的界面模式导致零有效相位能隙与晶格常数的标度无关而且受晶格无序的影响很小。

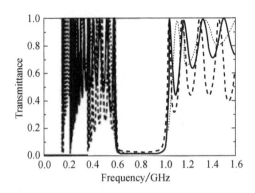

图 4.4　周期数为 16 的结构的透射率

注　实线：$d_1 = 12\,\text{mm}$，$d_2 = 6\,\text{mm}$；点线：$d_1 = 8\,\text{mm}$，$d_2 = 4\,\text{mm}$；

虚线：$\overline{d_1} = 12\,\text{mm}$，$\overline{d_2} = 6\,\text{mm}$，$d_1$，$d_2$ 存在 $\pm 4\,\text{mm}$ 的涨落。

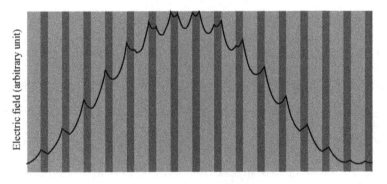

（a）低频，$\omega_L = 0.58\,\text{GHz}$

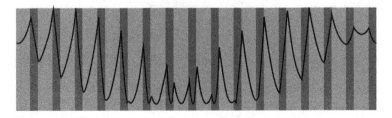

（b）高频，$\omega_H = 1.05\,\text{GHz}$

图 4.5　对应图 4.4 中零有效相位能隙带边的场强分布

4.2　传输线模型

利用微波电路中的传输线模型来解释零有效相位能隙的奇异性质。Engheta 等人曾用传输线模型分析由负磁导率材料和负介电常数材料组成的双层结构的特性。现在，我们将传输线模型推广用来分析由负磁导率材料和负介电常数材料组成的周期性结构的特性。

首先简单介绍一下微波电路中的传输线模型。图 4.6 是用分布式电容电感表示的各种材料的等效传输线模型。其中(a)为普通传输线模型表示的正常材料，(b)为左手传输线模型表示的双负材料，(c)为电容-电容传输线模型表示的负磁导率材料，(d)为电感-电感传输线模型表示的负介电常数材料。图 4.6(a)中的传输线模型由串联的电感和并联的电容构成，其中单位长度上的电感和电容分别记为 L_R^0 和 C_R^0。对这种普通传输线，其上的传播常数 $\beta(\omega) = \omega\sqrt{L_R^0 C_R^0}$，相应的相速度 $v_p = \omega/\beta = 1/\sqrt{L_R^0 C_R^0}$ 跟群速度 $v_g = \dfrac{\partial\omega}{\partial\beta}$ 一致。因而普通传输线代表的是正常材料。图 4.6(b)中的传输线模型由并联的电感和串联的电容构成(相当于普通传输线上电容和电感的位置互换)，其中单位长度上的电感和电容分别记为 L_L^0 和 C_L^0。传输线上的传播常数 $\beta(\omega) = -1/(\omega\sqrt{L_L^0 C_L^0})$，相应的相速度 $v_p = -\omega^2\sqrt{L_L^0 C_L^0} < 0$，群速度 $v_g = +\omega^2\sqrt{L_L^0 C_L^0} > 0$。由于相速度方向和群速度方向相反，这种传输线被称之为左手传输线。从电容、电感和介电常数、磁导率之间的等效性可知，左手传输线上的等效介电常数 $\varepsilon(\omega) = -1/(\omega^2 L_L^0)$，等效磁导率 $\mu(\omega) = -1/(\omega^2 C_L^0)$。因此，左手传输线代表的是双负特异材料。图 4.6(c)中的传输线模型由串联的电容(C_L^0)和并联的电容(C_R^0)构成。传输线上的传播常数 $\beta = i\sqrt{C_R^0/C_L^0}$ (i 为虚数单位)是纯虚数，因而线上的场为迅衰场。图 4.6(d)中的传输线模型由串联的电感(L_R^0)和并联的电感(L_L^0)构成。传输线上的传播常数 $\beta = i\sqrt{L_R^0/L_L^0}$ 也是纯虚数，因而线上的场同样为迅衰场。由电容、电感和介电常数、磁导率之间的等效性可知，图 4.6(c)和图 4.6(d)中的传输线模型分别代表负磁导率材料和负介电常数材料。

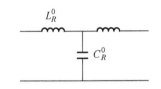

（a）普通传输线模型表示正常材料

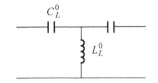

（b）左手传输线模型表示双负材料

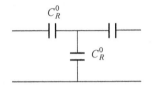

（c）电容-电容传输线模型表示负磁导率材料

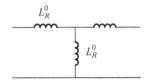

（d）电感-电感传输线模型表示负介电常数材料

图 4.6　用分布式电容电感表示的各种材料的等效传输线模型

对厚度为 d_1 的负磁导率材料，它的传输线模型可以等效为并联的集总电容 C_R 和串联的集总电容 C_L：$C_R = C_R^0 d_1$，$C_L = C_L^0 / d_1$。对厚度为 d_2 的负介电常数材料，它的传输线模型则可以等效为串联的集总电感 L_R 和并联的集总电感 L_L：$L_R = L_R^0 d_2$，$L_L = L_L^0 / d_2$。

现在考虑一个由厚度为 d_1 的负磁导率材料和厚度为 d_2 的负介电常数材料组成的晶格常数为 $d(d = d_1 + d_2)$ 的原胞，如图 4.7 所示。其中，串联电容 C_L 和串联电感 L_R 构成的阻抗 Z 为

$$Z = \mathrm{i}\omega L_R + 1/\mathrm{i}\omega C_L, \tag{4.8}$$

其中，i 为纯虚数单位。并联电容 C_R 和并联电感 L_L 构成的导纳 Y 为

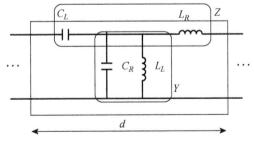

图 4.7　由负磁导率材料和负介电常数材料组成的单个原胞的传输线模型

$$Y = i\omega C_R + 1/i\omega L_L. \tag{4.9}$$

对整个原胞,利用传输线矩阵和 Bloch-Floquet 定理可得

$$\left| \begin{bmatrix} 1 & z \\ 1 & 1 \end{bmatrix} \begin{bmatrix} 1 & 0 \\ Y & 1 \end{bmatrix} - \begin{bmatrix} e^{-i\beta d} & 0 \\ 0 & e^{-i\beta d} \end{bmatrix} \right| = 0, \tag{4.10}$$

其中,β 为 Bloch 波数。将方程(4.8)和(4.9)代入方程(4.10),化简后可得

$$\cos(\beta d) = 1 - \frac{1}{2} \left[\frac{1}{\omega^2 L_L C_L} + \omega^2 L_R C_R - \left(\frac{L_R}{L_L} + \frac{C_R}{C_L} \right) \right]. \tag{4.11}$$

这就是用等效传输线模型得到的含单负特异材料的一维光子晶体的色散方程。从色散方程(4.11)很容易看出:如果方程右边部分的绝对值小于或者等于 1,Bloch 波数 β 为实数,对应能带结构中的通带;如果方程右边部分的绝对值大 1,Bloch 波数 β 则为复数,对应能带结构中的截止带(能隙)。假设 $L_L C_R > L_R C_L$,从方程(4.11)右边部分等于 1 可以得到能隙的带边频率

$$\omega_L = \frac{1}{\sqrt{L_L C_R}} = \sqrt{\frac{d_2}{d_1}} \frac{1}{\sqrt{L_L^0 C_R^0}},$$

$$\omega_H = \frac{1}{\sqrt{L_R C_L}} = \sqrt{\frac{d_1}{d_2}} \frac{1}{\sqrt{L_R^0 C_L^0}}. \tag{4.12}$$

在等效传输线模型中,材料参数和电路参数的对应关系为

$$C_R^0 = A_1 \varepsilon_1, \quad \frac{1}{C_L^0} = \omega^2 |L_{eq}| = A_2 \omega^2 |\mu_1|,$$

$$L_R^0 = A_2 \mu_2, \quad \frac{1}{L_L^0} = \omega^2 |C_{eq}| = A_1 \omega^2 |\varepsilon_2|, \tag{4.13}$$

其中,A_1 和 A_2 为取决于等效传输线的几何结构的两个正常数。将方程(4.13)以及方程(4.1)和方程(4.2)代入方程(4.12)中,可得到能隙带边频率的最后表达式:

$$\omega_L = \sqrt{\frac{\beta(d_2/d_1)}{\varepsilon_a + \varepsilon_b(d_2/d_1)}},$$

$$\omega_H = \sqrt{\frac{\alpha(d_1/d_2)}{\mu_b + \mu_a(d_1/d_2)}}. \tag{4.14}$$

从方程(4.14)中可以看出,当材料参数给定后,能隙的带边频率仅依赖于两种单负特异材料厚度的比值 d_1/d_2。因此,当 d_1,d_2 同时乘以一个标度因子时,能隙的带边频率保持不变。这就是零有效相位能隙不随晶格标度变化的原因。此外,高频带边 ω_H 是 d_1/d_2 的单调递增函数,而低频带边 ω_L 则是 d_1/d_2 的单调递减函数。这就是说,当 d_1 和 d_2 的比值增加时,ω_H 逐渐增大而 ω_L 逐渐减小。所以,随着 d_1/d_2 的增加,零有效相位能隙的宽度增加而中心却几乎不动。图4.8 给出了零有效相位能隙的带边随 d_1/d_2 的变化关系(d_2 固定为 6 mm)。其中,实线是用转移矩阵方法计算的周期数为 16 的有限结构的结果;虚线则是用等效传输线模型计算的无限周期结构的结果。从实线和虚线的比较中可见,用转移矩阵得到的数值解跟用传输线模型得到的解析解符合得比较好,并且当周期数趋于无穷大时,用转移矩阵得到的数值解将收敛于用传输线模型得到的解析解。这说明用等效传输线模型的确可以很好地描述零有效相位能隙的特征。

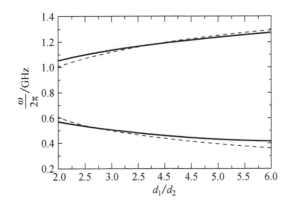

图 4.8 零有效相位能隙的带边随 d_1/d_2 的变化关系

注 实线:用转移矩阵方法计算的周期数为 16 的有限结构的结果;
虚线:用传输线模型计算的无限周期结构的结果。

此外,从方程(4.11)中可以得到电磁模的群速度

$$v_g = \frac{\mathrm{d}\omega}{\mathrm{d}\beta} = \frac{d\sin(\beta d)}{\omega L_R C_R - 1/(\omega^3 L_L C_L)}. \tag{4.15}$$

从方程(4.15)可以看到,在低频带边以下$(\omega < \omega_L)$,$\omega L_R C_R - 1/(\omega^3 L_L C_L) < 0$,此时群速度小于零,对应能带结构中的左手通带;在高频带边以上$(\omega > \omega_H)$,$\omega L_R C_R - 1/(\omega^3 L_L C_L) > 0$,此时群速度大于零,对应能带结构中的右手通带。从方程(4.11)出发,还可以用传输线模型得到方程(4.7)表示的相位匹配条件。当能隙关闭时,低频带边跟高频带边重合,此时有

$$L_L C_R = L_R C_L \Leftrightarrow \frac{1}{C_L^0} C_R^0 d_1^2 = \frac{1}{L_L^0} L_R^0 d_2^2. \qquad (4.16)$$

将方程(4.13)代入方程(4.16),即可得到方程(4.7)。用等效传输线模型得到的结果再次说明了负磁导率材料和负介电常数材料之间的相位失配导致了零有效相位能隙的出现。

最后,从方程(4.11)右边部分等于-1,可以得到在$(\omega_L$以下)左手通带下面的低频截止频率

$$\omega_{cut} = \sqrt{\sqrt{\frac{\omega_L^2 + \omega_H^2}{2} + 2\omega_R^2 - \left[\left(\frac{\omega_L^2 + \omega_H^2}{2} + 2\omega_R^2 \right)^2 - \omega_L^2 \omega_H^2 \right]^{\frac{1}{2}}}}, \qquad (4.17)$$

其中,$\omega_R = \dfrac{1}{\sqrt{L_R C_R}}$,$\omega_L$和$\omega_H$在方程(4.14)中给出。

4.3 宽频带的全向能隙

利用转移矩阵方法研究零有效相位能隙随电磁波的入射角度和偏振的变化关系。

先选取$\mu_a = \varepsilon_b = 1$,$\varepsilon_a = 3$,$\mu_b = 1.5$,$\alpha = \beta = 100$,$d_1 = 12\,\text{mm}$,$d_2 = 6\,\text{mm}$,结构的周期数$N = 16$。图4.9给出了光子能隙随入射角度和偏振的变化关系。其中,白色的区域代表允许电磁波传播的通带,而浅灰色的区域则代表禁止电磁波传播的禁带(能隙)。从图的最下边可见一低频截止带。在低频截止带上面,依次是零有效相位能隙和Bragg能隙,如图中的箭头所示。由于干涉条件的改变,无论横电波还是横磁波,Bragg能隙的带边频率均随入射角度的改变而发生显著的移动。特别是对横磁波,Bragg能隙在大于75°入射角时的带边频率大于正入射时的带边

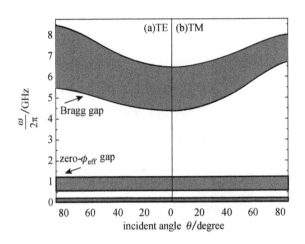

图 4.9　能隙的带边随入射角度和偏振的变化关系

频率。因此,由现在的参数得到的 Bragg 能隙不是全向能隙。与此相反,零有效相位能隙的带边却几乎不随入射角度和偏振变化。这意味着零有效相位能隙是一个(几乎)具有固定带宽的全向能隙。零有效相位能隙的这种角度特性跟结构中特殊的场分布密切相关。在正入射时,已知对应零有效相位能隙带边频率的电场必须局域在两种单负特异材料的界面上,如图 4.9 所示。当电磁波从正入射变为斜入射时,为了满足边界条件,电场能量的大部分仍须集中在两种单负特异材料的界面上。换言之,结构中的场构形几乎不随入射角度变化。此外,这种特殊的场构形不受偏振的影响。所以,零有效相位能隙的带边对入射角度和偏振的变化很不敏感。这意味着如果在正入射时打开了一个零有效相位能隙,那么一般而言它就是全向能隙。因此,用零有效相位能隙来实现全向能隙时,在参数的选择上(相对 Bragg 能隙而言)将自由得多。

正入射时,已知零有效相位能隙能够通过调整两种单负特异材料厚度的比值来展宽。既然零有效相位能隙的带边几乎不随入射角度和偏振变化,那么用零有效相位能隙实现的全向能隙同样可以通过调整两种单负特异材料厚度的比值来展宽。在图 4.10 中,选择 $\varepsilon_a = \mu_b = 3$, $d_2 = 6$ mm,其他参数不变。对这组参数,横电波和横磁波在任意入射角度均是简并的。从图 4.10 可以看到,对零有效相位全向能隙,当两种材料厚度的比值 (d_1/d_2) 从 2 增大到 4 时,能隙的宽度加大而能隙的中心几乎不动。与此相反,随着 d_1/d_2 的加倍,Bragg 能隙的中心发生显著移动,同时能隙的宽度缩小。为了比较零有效相位全向能隙和零平均折射率全向能隙,计算了零平均折射率全向能隙随两种材料厚度比值的变化情况。在图 4.11 中,正常材料的折射率 n_1 取为 3;负折射率材料的介电常数和磁导率取为 $\varepsilon_2 = \mu_2 = 1 - 100/\omega^2$。正常材料和负折射率材料的厚度分别取为 $d_1 = 12$ mm 和 $d_2 = 6$ mm。结构的周期数取为 16。图 4.11 给出了在不同的 d_1/d_2 下,对应横磁波的光子能隙随

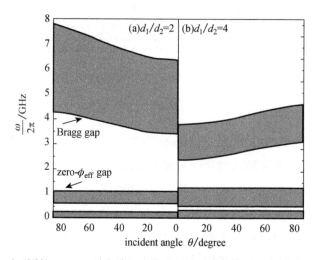

图 4.10　对不同的 d_1/d_2,零有效相位能隙和 Bragg 能隙随入射角度的变化关系

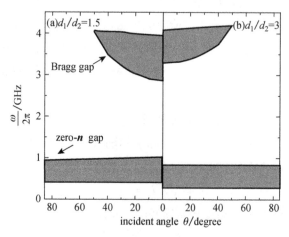

图 4.11　对不同的 d_1/d_2,零平均折射率能隙和 Bragg 能隙随入射角度的变化关系

入射角度的变化情况。当 d_1/d_2 从 1.5 增大到 3 时,零平均折射率全向能隙的中心发生明显移动,同时能隙的宽度仅变化一点点。所以,零平均折射率全向能隙的宽度一般不大,而零有效相位全向能隙的宽度却可以通过调整两种材料厚度的比值扩展得很宽。零有效相位全向能隙的这一特性可用来设计宽频带且带宽固定的全角度反射器。

在选择特殊的材料参数 ($\varepsilon_a = \mu_b$,其他参数不变)后,我们发现这种周期性结构具有一个很奇特的性质:光子能隙跟偏振无关。我们从无限周期结构的色散方程出发讨论这一性质。在图 4.4 中,假设波矢 $\boldsymbol{k}$ 在 z 方向(即周期性方向)上的分量为 k_z,平行界面的分量为 $k_{/\!/}$。由界面上 $k_{/\!/}$ 的连续性条件可知 $k_{/\!/} = \omega \sin\theta/c$(其中 θ 为入射角,c 为真空中的光速)。由 Bloch-Floquet 定理可以得到结构的色散方程。对横电波,有

$$\cos[k_z(d_1+d_2)] = \cosh k_1 d_1 \cosh k_2 d_2 + \frac{1}{2}\left(\frac{k_1\mu_2}{k_2\mu_1} + \frac{k_2\mu_1}{k_1\mu_2}\right)\sinh k_1 d \sinh k_2 d_2;$$

对横磁波,则有

$$\cos[k_z(d_1+d_2)] = \cosh k_1 d_1 \cosh k_2 d_2 + \frac{1}{2}\left(\frac{k_2\varepsilon_1}{k_1\varepsilon_2} + \frac{k_1\varepsilon_2}{k_2\varepsilon_1}\right)\sinh k_1 d \sinh k_2 d_2,$$

$$(4.18)$$

其中,$k_i = \left|\varepsilon_i\mu_i\omega^2/c^2 - k_{/\!/}^2\right|^{\frac{1}{2}}$ $(i=1,2)$ 为电磁波在负磁导率材料和负介电常数材料中的纵向(沿周期性方向)波矢。在方程(4.18)中,频率 ω 对 $k_{/\!/}$ 的色散关系给出的图被称之为投影能带图(projected band structure)。

注意到在材料的色散方程(4.1)和方程(4.2)中,当 $\mu_a = \varepsilon_b$,$\varepsilon_a = \mu_b$,$\alpha = \beta$ 时,有 $\varepsilon_1 = \mu_2$,$\mu_1 = \varepsilon_2$,由此得到

$$\frac{k_1\mu_2}{k_2\mu_1} = \frac{k_2\varepsilon_1}{k_1\varepsilon_2}, \quad \frac{k_2\mu_1}{k_1\mu_2} = \frac{k_1\varepsilon_2}{k_2\varepsilon_1}. \qquad (4.19)$$

将方程(4.19)代入方程(4.18)中,可以发现此时横电波对应的色散方程跟横磁波对应的色散方程是一样的。图 4.12 给出了当 $\varepsilon_a = \mu_b = 4$,$\mu_a = \varepsilon_b = 1$,$\alpha = \beta = 100$,$d_1 = 12$ mm,$d_2 = 6$ mm(满足 $\varepsilon_1 = \mu_2$,$\mu_1 = \varepsilon_2$ 的条件)时,结构的投影能带

图。在图4.12中,两条斜线表示光锥线 $k_{//} = \omega/c$。在光锥线里边($k_{//} > \omega/c$ 的区域),浅灰色区域表示允许带,白色区域表示能隙,其中零有效相位能隙和 Bragg 能隙分别在图中用箭头标出。对投影能带图,$k_{//} = 0$ 的地方表示电磁波正入射的情况,而光锥线 $k_{//} = \omega/c$ 上则表示电磁波入射角为 90°的情形。从图 4.12 中,我们看到在 $\varepsilon_1 = \mu_2$,$\mu_1 = \varepsilon_2$ 这组特殊的参数下,能隙(包括零有效相位能隙和 Bragg 能隙)随入射角度的变化关系跟偏振无关。事实上,当 $\varepsilon_1 = \mu_2$,$\mu_1 = \varepsilon_2$ 时,介电常数和磁导率在结构中起着同等的作用。因此,当电磁波在这种具有特殊材料参数的结构中传播时,横电波和横磁波之间已无法区分。换句话说,横电波和横磁波在任意入射角度下已经简并了。零有效相位能隙在斜入射时跟偏振无关的性质是零平均折射率能隙所没有的。这是因为对于正、负材料交替生长形成的一维光子晶体,色散材料中随频率变化的介电常数和磁导率不可能在任一频率都和正常材料中的磁导率和介电常数相等。零有效相位能隙跟偏振无关的性质有可能用于特殊器件的设计中。

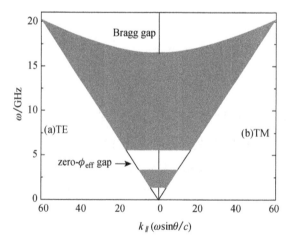

图 4.12　当 $\varepsilon_1 = \mu_2$,$\mu_1 = \varepsilon_2$ 时,能隙的带边随入射角度和偏振的变化关系

4.4　零有效相位能隙和零平均折射率能隙的异同

零有效相位能隙和零平均折射率能隙是分别从含双负特异材料的一维光子

晶体和含单负特异材料的一维光子晶体中得到的。它们之间既有相似点,又有不同点。它们均位于能带图中的第一布里渊区的 Γ 点,跟通过能带折叠至第一布里渊区 Γ 点的 Bragg 能隙有着本质区别。它们均处于左手通带和右手通带之间,对应相位为零的 Bloch 波,只不过零平均折射率能隙的产生须满足正常材料和双负材料之间的相位相互抵消的条件,而零有效相位能隙须满足零有效相位延迟的条件。在性质上,它们都跟晶格常数的标度无关而且受晶格无序的影响很小。尽管两种能隙形成的物理机制均不是 Bragg 相干散射机制,但二者之间是有区别的。

零平均折射率能隙的形成源于传播场之间的相互作用,并且此时周期结构中傅里叶分量的基频部分起着重要作用;而零有效相位能隙的形成源于迅衰场之间的相互作用,类似固体物理中的紧束缚模型,是基于局域共振隧穿机制。此外,零有效相位能隙还有一个零平均折射率能隙所没有的特性。当材料参数给定后,零有效相位能隙的宽度能够通过调整两种单负特异材料厚度的比值来增大,同时能隙的中心几乎不动。然而,由于零平均折射率能隙是在满足零相位(光学厚度)条件的频率点打开,当正、负折射率材料厚度的比值改变时(材料参数不变),为了满足新的零相位条件,零平均折射率能隙的中心频率将会发生显著移动。与此同时,零平均折射率能隙的宽度也会改变一些(可能增大,也可能减小)。零平均折射率能隙随两种材料厚度比值的变化特性倒跟 Bragg 能隙相似。因此,零平均折射率能隙一般不宽,而零有效相位能隙却能够通过调整两种单负特异材料厚度的比值扩展得很宽。

4.5　实验验证

实验上以负介电常数和负磁导率传输线单元组成光子晶体结构,来研究零有效相位能隙。理论上,零有效相位能隙不随着晶格尺度的改变而改变,为此制备了三种光子晶体。图 4.13 是给出了制备的三种光子晶体结构 $(ENG_1MNG_1)_{12}$, $(ENG_2MNG_2)_6$ 和 $(ENG_3MNG_3)_4$ 的照片,结构中下标 1,2,3 代表在一个周期内 ENG 传输线和 MNG 传输线单元数,下标 12,6,4 分别为三种光子晶体的周期数。

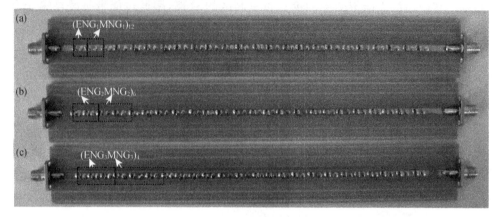

图 4.13　由负介电常数和负磁导率传输线单元制备的光子晶体的照片

(a) $(ENG_1MNG_1)_{12}$，(b) $(ENG_2MNG_2)_6$，(c) $(ENG_3MNG_3)_4$

　　零有效相位能隙的形成是由于组成光子晶体的单负特异材料的有效波阻抗（$\eta_{E/MNG}$）和有效相位（$\Phi_{E/MNG}$）不匹配造成的，带隙的宽度与不匹配程度相关：

$$\eta_{E(M)NG} = \sqrt{\left| \mu_{E(M)NG} \cdot \mu_0 / (\varepsilon_{E(M)NG} \cdot \varepsilon_0) \right|}, \tag{4.20}$$

$$\Phi_{E(M)NG} = k_0 \sqrt{\left| \varepsilon_{E(M)NG} \cdot \mu_{E(M)NG} \right|} d_{E(M)NG}, \tag{4.21}$$

其中，$k_{E(M)NG} = k_0 \sqrt{\varepsilon_{E(M)NG}} \cdot \sqrt{\mu_{E(M)NG}}$。零有效相位能隙会在光子晶体的零有效相位点打开，当光子晶体的晶格尺度同时增大时，零有效相位点将不发生变化。对于有两种材料组成的周期性结构来说，当满足（在垂直入射情况下）

$$k'_{ENG}d_{ENG} + k'_{MNG}d_{MNG} = m\pi \tag{4.22}$$

时，会出现光子带隙。其中 $k'_{E(M)NG}$ 分别为波数的实部，m 为带隙指数，可以取正整数、负整数和零。由于 Bragg 散射而造成的带隙指数不为零的光子带隙会明显地随晶格尺度的变化而移动。

　　图 4.14 为基于真实集总元件模拟和测量的三种光子晶体的 S_{21} 参数，从模拟结果来看，三种光子晶体均在不同频段出现了带隙，在高频段带隙的位置随着

晶格尺度的增加而向低频移动,这是因为在高频两传输线等效为右手材料,从而高频段的带隙的带隙指数为正整数。在低频段,也出现了光子带隙,然而带隙的位置随着晶格尺度的增加而向高频移动,这是由于 CRLH 传输线的色散特性决定的。在较低频段,无论是负介电常数还是负磁导率传输线,均表现为有效的左手材料,所以低频的带隙指数为负数。有趣的是,约在 1.7~2.3 GHz 出现了一特殊带隙,两带隙边在晶格尺度增大两倍、三倍时基本没发生改变,即为零有效相位带隙,它的形成机制不同于普通的光子带隙。测量结果与模拟结果有很好的吻合。

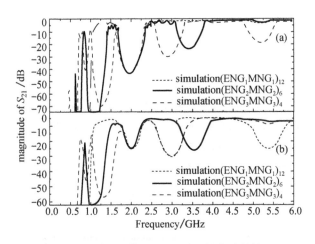

图 4.14　基于真实集总元件(a)模拟和(b)测量的光子晶体$(\mathrm{ENG_1MNG_1})_{12}$,
$(\mathrm{ENG_2MNG_2})_6$ 和 $(\mathrm{ENG_3MNG_3})_4$ 的 S_{21} 参数

　　本章采用转移矩阵和时域有限差分方法研究了由负磁导率材料和负介电常数材料交替生长形成的一维光子晶体的性质。该结构存在一个不同于 Bragg 能隙的零有效相位能隙,能隙的形成源于迅衰场之间的相互作用,完全不同于通常的 Bragg 相干散射机制。这种基于局域共振的能带形成机制使得零有效相位能隙具有 Bragg 能隙完全不同的特点,即与晶格常数的标度和涨落无关,而且对入射角度和偏振的变化很不敏感。此外,与零平均折射率能隙相比,零有效相位能隙还有一个奇异性质:当材料参数给定后,零有效相位能隙的宽度能够通过调整两种单负特异材料厚度的比值来增大,同时能隙的中心几乎不动。然而,零平均折射率能隙随两种材料厚度比值的变化特点却与 Bragg 能隙相似,即随着比值的增大,能隙的中心会发生显著移动,同时宽度也会改变(可能增大,也可能减小)。因此,零平均折射率能隙一般不宽,而零有效相位能隙却能够通过调整两种材料厚度的比值扩展得很宽。同时,利用电路中的传输线模型解释了零有效相位能隙的奇异性质。最后,在实验上验证了零有效相位能隙的存在。零有效相位能隙与晶格常数的标度无关,而且几乎不随入射角度和偏振变化,该特点可用来设计带宽固定的宽频带全角度反射器。

本章参考文献

[1] A. Alù, N. Engheta. Pairing an epsilon-negative slab with a mu-negative slab: resonance, tunneling and transparency[J]. IEEE Trans. Antennas Propagat., 2003, 51(10): 2558-2571.

[2] A. Alù, N. Engheta. Guided modes in a waveguide filled with a pair of single-negative (SNG), double-negative (DNG), and/or double-positive (DPS) layers[J]. IEEE Trans. Microwave Theory Tech., 2004, 52: 199-210.

[3] A. Lakhtakia, C. M. Krowne. Restricted equivalence of paired epsilon-negative and mu-negative layers to a negative phase-velocity material (aliasleft-handed material)[J]. Krowne Optik, 2003, 114: 305-307.

[4] D. R. Fredkin, A. Ron. Effectively left-handed (negative index) composite material[J]. Appl. Phys. Lett., 2002, 81: 1753-1755.

[5] J. Yoon, S. H. Song, C. H. Oh, et al. Backpropagating modes of surface polaritons on a cross-negative interface[J]. Opt. Express, 2005, 13: 417-427.

[6] K. Y. Kim. Properties of photon tunneling through single-negative materials[J]. Opt. Lett., 2005, 30: 430-432.

[7] K. Y. Kim. Polarization-dependent waveguide coupling utilizing single-negative materials [J]. IEEE Photonics Tech. Lett., 2005, 17: 369-371.

[8] J. B. Pendry, A. J. Holden, W. J. Stewart, et al. Extremely low frequency plasmons in metallic mesostructures[J]. Phys. Rev. Lett., 1996, 76: 4773-4776.

[9] J. B. Pendry, A. J. Holden, D. J. Robbins, et al. Magnetism from conductors and enhanced nonlinear phenomena [J]. IEEE Transactions on Microwave Theory and

Techniques, 1999, 47: 2075-2084.

[10] R. Marques, F. Medina, EI-Idrissi. Role of bianisotropy in negative permeability and left-handed metamaterials[J]. Phys. Rev. B, 2002, 65: 14440-14445.

[11] 江海涛. 含特异材料的光子晶体及相关问题的理论研究[M]. 同济大学博士论文, 2005.

[12] H. T. Jiang, H. Chen, H. Q. Li, et al. Properties of one-dimensional photonic crystals containing single-negative materials[J]. Physical Review E, 69(6): 2004, 066607-066611.

[13] L. W. Zhang, Y. W. Zhang, L. He, et al. Experimental investigation on zero-gaps of photonic crystals containing single-negative materials[J]. Eur. Phys. J. B, 2008, 62: 1434-1439.

[14] R. Ruppin. Bragg reflectors containing left-handed materials [J]. Microwave Opt. Technol. Lett. , 38: 494-495.

第 5 章

含单负特异材料光子晶体的若干物理现象

含单负特异材料的光子晶体拥有正常材料光子晶体没有的性质,由此产生的零有效相位能隙具有 Bragg 能隙完全不同的特点,即与晶格常数的标度和涨落无关,而且对入射角度和偏振的变化很不敏感。当材料参数给定后,零有效相位能隙的宽度能够通过调整两种单负特异材料厚度的比值来增大,同时能隙的中心几乎不动。因此,零有效相位能隙能够通过调整两种材料厚度的比值扩展得很宽。基于该光子晶体的特点,有很多相关的现象,这里叙述几种。

5.1 光量子阱结构

普通的光量子阱结构(photonic quantum-well structure)是用 Bragg 能隙来做阱两边的光学势垒(photonic barriers)。由于 Bragg 能隙受晶格常数标度的变化和晶格无序的影响很大,因而阱中出现的(量子化)束缚光子态对晶格常数标度的变化和晶格无序非常敏感。在光学势垒区,即使很小的晶格涨落也会破坏束缚态,这就限制了光量子阱结构在诸如多通道滤波器中的应用。然而,如果用零有效相位能隙来做阱两边的光学势垒,阱中的束缚态将对晶格常数标度的变化和晶格无序不敏感。考虑一个由 AB 和 CD 光子晶体组成的光量子阱结构。A、B、C 和 D 的厚度分别设为 d_1, d_2, d_3 和 d_4,材料参数同 3.1 节中选取的参数相同。如果我们选择满足方程(3.7)(相位匹配条件)的 d_3/d_4,则零有效相位能隙关闭,CD 光子晶体可作为光学势阱。这时,只要任选一个不满足方程(3.7)的 d_1/d_2,就可以打开零有效相位能隙,AB 光子晶体则可作为光学势垒。图 5.1 给出了结构为

(AB)$_{16}$(CD)$_8$(BA)$_{16}$ 的光量子阱的透射谱。其中,实线为 $d_1 = 12$ mm, $d_2 = 6$ mm, $d_3 = d_4 = 14$ mm 时结构的透射率;点线为 d_1, d_2 同时缩小至原来的 2/3 后结构的透射率;虚线则为 d_1, d_2 存在±2 mm("＋"和"－"出现的概率相同)的涨落,但 $\overline{d_1}$(d_1 的平均厚度)保持为 12 mm, $\overline{d_2}$(d_2 的平均厚度)保持为 6 mm 时结构的透射率。从实线和点、虚线的比较中可见,基于零有效相位能隙的光量子阱结构中的束缚态对晶格常数标度的变化和晶格无序很不敏感,这一特性可用来设计小型而实用的多通道滤波器。

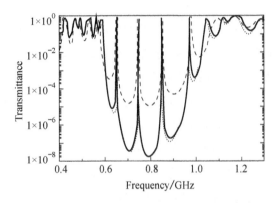

图 5.1　结构为 (AB)$_{16}$(CD)$_8$(BA)$_{16}$ 的光量子阱的透射谱

注　实线: $d_1 = 12$ mm, $d_2 = 6$ mm;点线: $d_1 = 8$ mm, $d_2 = 4$ mm;
　　虚线: $\overline{d_1} = 12$ mm, $\overline{d_2} = 6$ mm, d_1, d_2 存在±2 mm 的涨落。

5.2　高品质因子的紧凑型滤波器

在一维含缺陷的光子晶体中,对频率落在光子能隙中的电磁波,缺陷两边的 Bragg 反射镜可以看作光学势垒。由于光学势垒的束缚效应,在光子能隙中将出现离散的局域缺陷模。这一性质可用来设计滤波器。光学势垒的束缚效应越强,缺陷模的半高宽就越窄。由于滤波器的品质因子反比于缺陷模的半高宽,因而相应的滤波器的品质因子会越高。一般情况下,在普通一维掺杂光子晶体中,提高光学势垒的束缚效应的方法主要有两种。一种方法是通过增加 Bragg 反射镜的周期数来增加光学势垒的厚度。周期数越多,光学势垒的束缚效应就越强。但是,付出的代价是结构的体积也会相应增大。另一种方法是通过调节材料参数来增加光学势垒的深度。例如,通过提高两种材料的折射率比值可以增加能隙的宽度(即光学势垒的深度)。所以,能隙的宽度越宽,光学势垒的束缚效应就越强。然而,这种方法受到可供选择的材料(折射率)的限制。并且,给定材料参数后,Bragg 能隙的中心将会随结构参数(材料厚度)的变化发生显著移动,同时能隙的宽度也会产生变化(可能增大,也可能减小)。因此,对普通一维掺杂光子晶体,当材料参数给定后,很难通过改变结构参数来提高光学势垒的束缚效应。上述困难的产生在于 Bragg 能隙是由多重相干散射机制形成的。

然而,如果能够采用不同于 Bragg 散射机制形成的能隙来作为光学势垒,将有可能实现仅通过调整结构参数来提高光学势垒的束缚效应。在 3.1 节中已知,当材料参数给定后,基于共振隧穿机制的零有效相位能隙的宽度可以通过调整两种单负特异材料厚度的比值来增大,同时能隙的中心几乎不动。这意味着零有效相位能隙可以作为一种新型的光学势垒。本节研究如何通过调整结构参数来提高光学势垒(零有效相位能隙)的束缚效应。先用转移矩阵方法求出缺陷模频率的本征方程,然后计算缺陷模频率随两种单负特异材料的厚度以及杂质厚度的变化关系。当材料参数给定后,通过选择合适的结构参数仍然可以大大减小缺陷模的半高宽,同时结构的体积却显著缩小。这个普通一维掺杂光子晶体所没有的性质可用来设计具有高品质因子的紧凑型滤波器。

5.2.1 缺陷模频率的本征方程

考虑在由负磁导率材料和负介电常数材料组成的一维完整光子晶体中加入一个缺陷,如图 5.2 所示。缺陷的折射率和厚度分别设为 n_3 和 d_3。假设 $n_3 = 1.4$。单负特异材料的材料参数取为 $\mu_a = \varepsilon_b = 1$,$\varepsilon_a = \mu_b = 3$,$\alpha = \beta = 100$。对于完整的光子晶体,其色散方程为方程(4.4)。对于含缺陷的光子晶体,由于完整周期性的破坏,在光子能隙中将出现局域的缺陷模。含缺陷的光子晶体可看成是两边为半无限的周期性晶格通过缺陷耦合在一起的结构。跨越缺陷的电场和磁场分量通过以下矩阵连接:

$$\begin{bmatrix} \cos\,(k_3 d_3) & -n_3^{-1}\sin\,(k_3 d_3) \\ n_3\sin\,(k_3 d_3) & \cos\,(k_3 d_3) \end{bmatrix}, \tag{5.1}$$

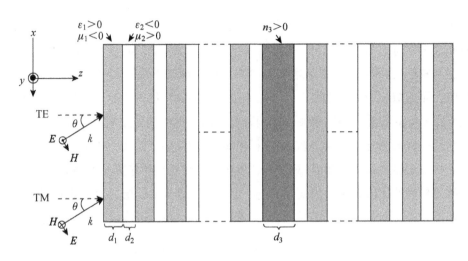

图 5.2　一维含单负特异材料的掺杂光子晶体的结构示意图

其中，$k_3 = n_3 \omega / c$ 为缺陷中的波矢（c 为真空中的光速）。对局域化的缺陷模，在缺陷两边半无限周期区域中的电磁场为迅衰场，相应的 Bloch 波数为复数。这两个迅衰场在缺陷处相互连接在一起。利用方程（4.4）和方程（5.1），可以得到缺陷模频率的本征方程：

$$f(\Omega) = (q_{22} - \gamma) + n_3 q_{12} \tan\left(\frac{n_3 \omega d_3 / c}{2}\right) = 0, \tag{5.2}$$

其中，$q_{ij}(i, j = 1, 2)$ 为方程（4.4）中的 Q 的矩阵元，Ω 表示缺陷模的本征频率，并且

$$\gamma = \mathrm{sgn}(\eta)(|\eta| - \sqrt{\eta^2 - 1}),$$

$$\eta = \frac{1}{2} Tr Q. \tag{5.3}$$

现在，研究本征频率 Ω 随结构参数（两种单负特异材料的厚度以及缺陷层的厚度）的变化关系。首先，固定负磁导率材料的厚度 d_1 和负介电常数材料的厚度 d_2，研究 Ω 随缺陷层厚度 d_3 的变化关系。在图 5.3 中，选取 $d_1 = 12$ mm，$d_2 = 2$ mm。从图中可以看到，当 d_3 达到大约 20 mm 时，将有缺陷模从下带边出现。随着缺陷层厚度的增加，缺陷模频率在能隙中上升。最后，当 d_3 超过 75 mm 时，缺陷模消失在上带边。图 5.3 中缺陷模频率随缺陷层厚度的变化规律跟 Bragg 能隙中缺陷

模频率随缺陷层厚度的变化规律基本相同。接下来,研究当 d_1 和 d_3 给定后,Ω 对 d_2 的依赖关系。在图 5.4 中,选择 $d_1 = 12$ mm,$d_3 = 36$ mm。由图可见,随着 d_2 的逐渐减小(也即 d_1/d_2 逐渐增大),Ω 在能隙中缓慢下降。同时,能隙的宽度在不断增大而能隙的中心变化很小。图 5.4 中缺陷模频率随两种材料厚度比值的变化规律跟 Bragg 能隙中缺陷模频率随两种材料厚度比值的变化规律完全不同。对于普通的一维掺杂光子晶体,随着两种材料厚度比值的改变,缺陷模频率以及 Bragg 能隙将发生显著移动。相反,对一维含单负特异材料的掺杂光子晶体,即使两种单负特异材料的比值有较大的变化,仍然可以通过调节缺陷层的厚度来保持缺陷模频率不变。因此,当 d_1 固定时,研究 Ω 随 d_2 和 d_3 的变化关系很重要。在图 5.5

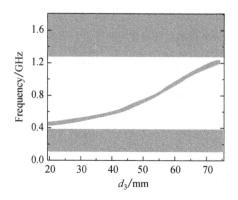

图 5.3　给定两种单负特异材料的厚度,缺陷模频率随缺陷层厚度的变化关系

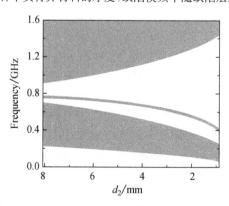

图 5.4　给定负磁导率材料和缺陷层的厚度,缺陷模频率随负介电常数材料厚度的变化关系

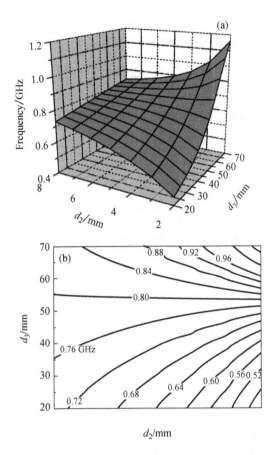

图 5.5　(a) 缺陷模本征频率随负介电常数材料和缺陷层厚度的变化关系;
(b) (a)中的曲线投影到 d_2 - d_3 平面的一些等频率线

中,仍然选取 $d_1=12$ mm。从图 5.5(a)中可以看到,当 d_2 固定时,Ω 总是随着缺陷层厚度 d_3 的增加而上升。另一方面,当 d_3 固定在相对较小的值时,Ω 随着负介电常数材料 d_2 的减小而下降。然而,当 d_3 超过 53 mm 时,随着 d_2 的减小,Ω 将上升而不是下降。对于这种逆转变化的解释如下:在图 5.3 中已经看到,当 d_3 增大时,Ω 将向能隙的上带边移动。而当 d_2 减小时,能隙的宽度将增大,如图 5.4 所示。尽管 d_2 的减小会导致 Ω 向低频端移动,然而相对较大的 d_3 会使 Ω 上移并接近更宽(因为此时 d_2 减小了)能隙的上带边。所以,当 d_3 达到相对较大的值时,Ω 将随 d_2 的减小而上升。注意到,图 5.3 和图 5.4 仅是图 5.5(a)分别当 $d_2=2$ mm 时和

当 $d_3=36$ mm 时的特例。在图 5.5(b)中,绘出了图 5.5(a)中的曲线投影到 $d_2 - d_3$ 平面的一些等频率线。从图中可以看到,对某条等频率线上的任意一点,它总是对应特定的 d_2 和 d_3。这就是说,当 d_2 改变时,总可以找到一个 d_3 让 Ω 保持不变;或者反过来,当 d_3 改变时,总可以找到一个 d_2 让 Ω 不动。此外,在图5.5(b)中可以看到,当 d_3 超过 53 mm 时,等频率线的斜率(导数)将变号,原因与图 5.5(a)中曲线逆转变化的原因一致。

5.2.2 有限周期结构的缺陷模

本节研究有限周期结构缺陷模的性质。将有限周期结构记为 $(AB)_m C (BA)_m$,其中 AB 代表主结构的原胞,m 为周期数,C 则表示缺陷。有限周期结构的透射率和场分布可以用转移矩阵方法得到。图 5.6 给出了当 $d_1=12$ mm 时,$(AB)_8 C (BA)_8$ 结构的透射率随两种单负特异材料厚度的比值 d_1/d_2 的变化关系。图 5.6(a),5.6(b),5.6(c)分别对应 $d_2=8$ mm,6 mm,2 mm 的情形。缺陷模的频率为 0.76 GHz。为了保持缺陷模的频率不变,对不同的 d_2,必须选择合适的 d_3。让如图 5.5(b),在频率为 0.76 GHz 的等频线上:对 $d_2=8$ mm,有 $d_3=36$ mm;对 $d_2=6$ mm,有 $d_3=44$ mm;对 $d_2=2$ mm,则有 $d_3=51.3$ mm。所以,为了固定缺陷模频率在 0.76 GHz,在图 5.6(a),5.6(b),5.6(c)中,我们分别选取 $d_3=36$ mm,44 mm 和 51.3 mm。从图 5.6(a),5.6(b),5.6(c)中可以看到,缺陷模的半高宽随 d_1/d_2 的增加在不断变窄。当 d_1/d_2 从 1.5 增加到 6 时,缺陷模的半高宽减小至原来的 1/10 左右。缺陷模半高宽的变小意味着结构品质因子的提高。比较图 5.6(a),5.6(b),5.6(c)可知,品质因子的提高是由于能隙宽度的加大导致光学势垒的束缚效应增强造成的。在图 5.7(a)—(c)中,依次计算了对应图 5.6(a)—(c)中的缺陷模频率的电场分布。场强大小用的是相对于入射场强($|E_{inc}|^2$)的相对强度。从图 5.7(a)—(c)中可以看到,当 d_1/d_2 从 1.5 增加到 2,再增加到 6 时,结构中的场强极大值逐渐从缺陷两边负磁导率材料和负介电常数材料的界面转移到缺陷层当中。换言之,电场将更加局域在缺陷层当中。因而缺陷层中的电场强度将大大增强。对比图 5.7(a)和 5.7(c),可以发现当 d_1/d_2 从 1.5 变化到 6 时,结构中的电场强度几乎提高了两个数量级。

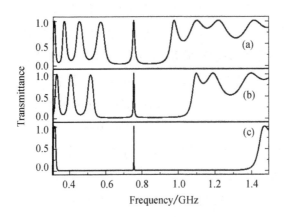

图 5.6　(AB)$_8$C(BA)$_8$ 结构的透射率随 d_1/d_2 的变化关系

注　(a) $d_2=8$ mm，$d_3=36$ mm；(b) $d_2=6$ mm，$d_3=44$ mm；
(c) $d_2=2$ mm，$d_3=51.3$ mm。

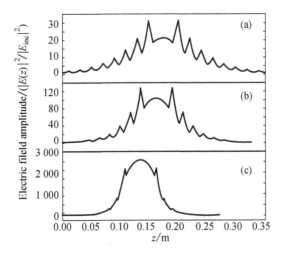

图 5.7　对应于图 5.6(a)—(c)中的缺陷模频率的电场分布

事实上，一维含缺陷的光子晶体即是一维光子晶体微腔。表征腔的性质的主要参量是品质因子 Q 和体积 V。在小型滤波器和低阈值激光器等器件的设计中，常常需要品质因子很高同时体积较小的谐振腔。对于增加缺陷两边 Bragg 反射镜的周期数来提高光学势垒束缚效应的方法，品质因子 Q 的提高是以增大腔的体积 V 为代价的。因而 Q/V 因子并未得到显著提高。然而，如果用零有效相位能隙来

作为光学势垒,可以通过调整两种材料厚度的比值来增加光学势垒的束缚效应。尽管为了保持缺陷模频率不变,在减小其中一种材料厚度(用以增大两种材料厚度的比值)的同时需要稍微增加缺陷层的厚度,但总的说来腔的体积还是减小了很多。这意味着品质因子提高的同时体积却在下降。因而 Q/V 因子得到了显著提高。图5.8(a)和图5.8(b)中带有方块标志的实线分别给出了对应图5.7中的缺陷模频率的场强极大值($|E_{max}|^2$)和品质因子随结构长度的倒数 $1/L = 1/[2m(d_1+d_2)+d_3]$($L$代表结构长度)的变化关系。图5.8中的参数与图5.6中的相应参数相同。从图5.8中可以看到,$|E_{max}|^2$ 和 Q 因子随着结构长度 L 的减小而显著提高。当 $1/L$ 从 2.81 m^{-1} 增加到 3.73 m^{-1}(即 L 从 0.356 m 下降至 0.267 8 m)时,$|E_{max}|^2$ 提高两个数量级以上,Q 提高大约1.5个数量级。缺陷处场强的极大提高在应用中很有用。例如,对于介电常数依赖于场强的 Kerr 非线性缺陷,缺陷处高度局域的场强将非常有利于非线性效应例如光学双稳态或多稳态的出现。

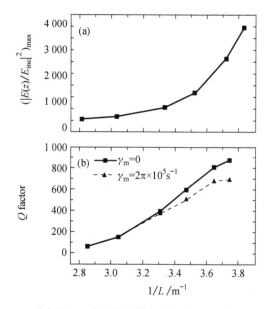

图5.8 (a) 对应图5.7中的缺陷模频率的场强极大值随结构长度的倒数 $1/L$ 的变化关系;(b) 品质因子随 $1/L$ 的变化关系

在以上的计算中,讨论的是无损耗单负特异材料。在实际材料中,负磁导率材料层中的损耗总是存在的。如果考虑损耗的话,方程(3.1)中负磁导率的色散特性应当改写成: $\mu_1 = \mu_a - \dfrac{\alpha}{\omega^2 + \mathrm{i}\omega\gamma_m}$ (其中 γ_m 代表阻尼项)。图 5.8(b)中带有三角形块标志的点线给出了在 $\gamma_m = 2\pi \times 10^5 \ \mathrm{s}^{-1}$ 时品质因子随结构长度的变化关系;(b)带方块标志的实线和带三角形块标志的点线分别给出在 $\gamma_m = 0$ 和 $\gamma_m = 2\pi \times 10^5 \ \mathrm{s}^{-1}$ 时品质因子随结构长度倒数 $1/L$ 的变化关系。从图 5.8(b)中可以看到,材料中的损耗的确会导致品质因子下降。但是,随着两种单负特异材料厚度的比值增加,无论材料的损耗存在与否,品质因子都将得到显著提高。

5.3　自准直现象

5.3.1　自准直机制

考虑一个含负介电常数材料和负磁导率材料的光子晶体,周期数为 3。负磁导率材料层的厚度为 d_1,负介电常数材料层的厚度为 d_2,且 $d_2 = d_1$。负磁导率材料和负介电常数材料的磁导率和介电常数分别表示为

$$\mu_1 = \mu_a - \frac{\alpha^2}{(2\pi f)^2}, \quad \varepsilon_1 = \varepsilon_a, \tag{5.4}$$

$$\mu_2 = \mu_b, \quad \varepsilon_2 = \varepsilon_b - \frac{\beta^2}{(2\pi f)^2}, \tag{5.5}$$

其中,f 是频率。在可见光波段,典型的金属都是负介电常数材料。在本节计算中,取 $\alpha = \beta = 2\pi \times 10^3 \ \mathrm{THz}$, $\mu_a = 3$, $\varepsilon_a = 1$, $\mu_b = 1$, $\varepsilon_b = 3$。由此可得出对应的磁导率和介电常数为 $\mu_1 = -1$, $\varepsilon_1 = 1$, $\mu_2 = 1$, $\varepsilon_2 = -1$,这是一对共轭参数。

在说明自准直的原理前,必须要弄清楚有限宽光束的一些特性。一束光束可以看成由不同方向的平面波和不同衰减常数的迅衰场按照一定权重叠加而成的,可表示为

$$E_y = \int_{-\infty}^{+\infty} \exp[\mathrm{i}(k_x x + k_z z)]\psi(k_x)\,\mathrm{d}k_x, \tag{5.6}$$

$$\psi(k_x) = \frac{g}{2\sqrt{\pi}}\exp[-(g^2 k_x^2/4)], \tag{5.7}$$

其中,电场极化方向在 y 方向。光束传播方向为 z 方向,k_x 为平行于入射面的波矢,k_z 为传播方向的波矢,$\psi(k_x)$ 为不同传播方向或者衰减常数的平面波分 $\exp[\mathrm{i}(k_x x + k_z z)]$ 代表不同传播方向或者衰减常数的平面波,g 为高斯光束宽度。可以发现当 g 很大的时候(远大于波长),$\psi(k_x)$ 主要在 $k_x = 0$ 附近的值比较大。所以能量主要集中在传播方向附近的平面波分量上,这时光束的扩散效果很小。当 g 较小的时候(小于波长),$\psi(k_x)$ 的峰很宽,能量分散到各个方向的平面波分量中,所以光束的扩散效果很明显。当 g 极小的时候(远小于波长),$\psi(k_x)$ 变得非常平坦。对于 k_x 非常大,大到使 k_z 为虚数的分量(迅衰分量)也占有很多能量,这时光束组要有迅衰场构成。当一束光束入射到正常材料中的时候,一部分传播分量因为阻抗不匹配被反射掉了,剩下的传播场进入正常材料中。而光束中的迅衰分量进入材料中继续衰减,从而正常材料不能输运迅衰场。当一束光束入射到单负特异材料中的时候,传播分量变为迅衰分量。所以对于较厚的单负特异材料(厚度远大于波长),可以作为良好的反射镜。另外,当单负特异材料组成异质结后,无论是光束本身的迅衰成分还是由传播场转化的迅衰分量都能被输运过异质结,所以说单负特异材料异质结可以输运迅衰场。

首先,考虑光束宽度较宽的情况。在图 5.9(a)中,一个横电磁波(TE,电场分量在 y 方向)平面波,以 500 THz 频率,入射角 30°入射到光子晶体一端。光子晶体晶格常数为 312 nm。假设入射波电场的平方($|E_y|^2$)是 1,应用有限频域差分法来模拟光子晶体中的能流和 $|E_y|^2$ 的分布。计算中采用正方格子和 PML 边界,最小计算格子边长为 2 nm。在图 5.9(a)中,可以看出平行于界面的能流分量(S_x)在跨越界面时反向了,这是由边界的连续性条件决定的。当两种材料中 S_x 能够有效地相互抵消($\varepsilon_1 d_1 + \varepsilon_2 d_2 = 0$,$\mu_1 d_1 + \mu_2 d_2 = 0$)时,最终体现出来的效果是在整个传播过程中 $S_x = 0$。另外,在图 5.9(a)中,单层特异材料中能流缓慢的改变方向,且 $|E_y|^2$ 的分布也不均匀,在界面处达到最大值 16。为了对比,计算了当相同的平面波入射到含双负特异的光子晶体时能流和 $|E_y|^2$ 的分布,如图 5.9(b)所示。与图 5.9(a)不同的是,能流在单层材料中并未改变方向,且 $|E_y|^2$ 在所有位置

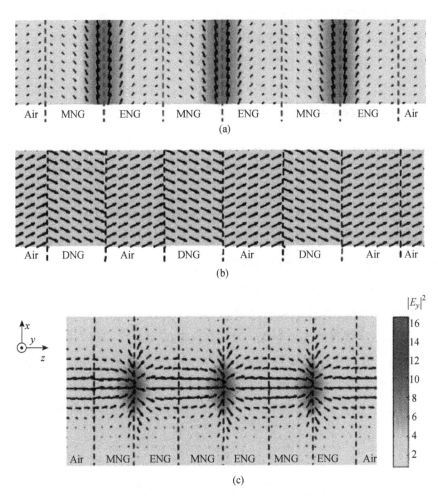

图 5.9　(a) 含单负特异材料的光子晶体；(b) 含双负特异材料的光子晶体中 Poynting
　　　　矢量的实部和入射波电场的平方；(c) Poynting 矢量的实部和 $|E_y|^2$

都恒为 1。这些区别正是由于两种光子晶体对传播场的输运机制不同导致的。在
图 5.9(c) 中，数值计算了当高斯光束入射到含单负特异材料的光子晶体上时的能
流和 $|E_y|^2$ 的分布，高斯光束在入射面的分布为 $\exp(-x^2/g^2)$，其中 $2g=660$ nm。
光源到第一层磁单负特异材料的左边界的距离是 100 nm。可以看出，能流在入射
面和出射面的分布完全相同。在光子晶体中，光束每经过一次界面，都会被聚焦一
次，使光束宽度不会随着传播而越来越大，从而产生了自准直现象。因为选用的是

共轭匹配参数,含单负特异材料的光子晶体能够透射任何方向的平面波和迅衰场。所以对于含有不同方向的平面分量甚至含有迅衰场分量的高斯光束中,含单负特异材料的光子晶体也能完美地输运并将其准直。

进一步通过等频线来证实含单负特异材料的光子晶体的自准直现象。根据布洛赫定理,含单负特异材料的光子晶体 TE 波的色散方程为

$$\cos(K_z d) = \cos(\gamma_1 d_1)\cos(\gamma_2 d_2) - \frac{\gamma_1^2 \mu_2^2 + \gamma_2^2 \mu_1^2}{2\gamma_1\gamma_2\mu_1\mu_2}\sin(\gamma_1 d_1)\sin(\gamma_2 d_2),$$

$$(5.8)$$

其中,x,y 和 z 坐标如图 5.9 中所示,K_z 是布洛赫波矢,$d = d_1 + d_2$,$\gamma_i = \sqrt{k_0^2\varepsilon_i\mu_i - k_x^2}$($i=1$,2 分别代表负磁导率材料和负介电常数材料),$k_0 = \omega/c$ 是空气中的波矢。根据 $\upsilon_g = \nabla_k \omega(k)$,传播方向垂直于等频线(EFC)。在图 5.10 的计算中 $d_1 = d_2 = 50$ nm。图 5.10 中对应于 500 THz 的 EFC 完全是平的,等效于无论任何方向入射的光波包括迅衰场,进入结构后都将沿一个方向传播。偏离500 THz,EFC 缓慢地逐渐弯曲。为了研究在偏离 500 THz 时的自准直特性,计算了在频率范围 500 THz 到 430 THz 内多个频率点的场分布。所使用的高斯光束宽度为 1 200 nm。发现在 430 THz,传播 5 360 nm 后,光束宽度仅仅扩展到1 260 nm。所以在相对较宽的 430~500 THz 范围内,光束都能较好地被准直。

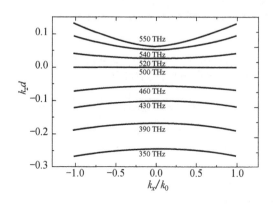

图 5.10　含单负特异材料的光子晶体的 EFC 图

5.3.2　亚波长自准直

半径小于半波长的光斑不能被普通透镜聚焦,这是因为在这种光斑中含有大量迅衰场分量,而普通透镜无法输运迅衰场。但 Pendry 发现负折射率材料能够克服这种衍射极限,从而聚焦微小光斑。之后,Zouhdi 等人发现共轭的负介电常数材料和负磁导率材料组成的异质结可以输运任何大小的平行分量的波(k_x),即使是 $k_x > k_0$(对应于迅衰场)时也一样。这里进一步证明亚波长自准直可以在含单负特异材料的光子晶体中实现。同样,也是利用频域差分法(FDFD)进行仿真。在图 5.11(a)中,产生高斯光束的源放在离金属挡板 40 nm 的距离处,金属挡板上有两个很窄的狭缝。入射高斯光束波长和宽度分别为 600 nm 和 360 nm。金属挡板和含单负特异材料的光子晶体间的距离是 2 nm。两种单负特异材料的厚度都为 12 nm。在光速穿过两个狭缝以后,两束宽度远远小于波长的光束产生了。在图 5.11(b)中可以看出这两束光很好地被准直,而不像在图 5.11(c)中,两束光迅速混在一起。

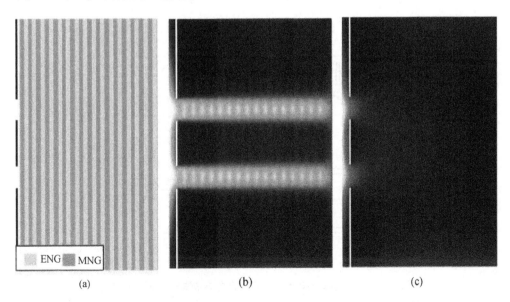

图 5.11　(a) 带有两个狭缝的含单负特异材料的光子晶体;(b) 电场平方分布图;
　　　　　(c) 空气中电场平方分布图

5.4　异质结中电磁波的隧穿现象

由负介电常数材料和负磁导率材料组成的光子晶体异质结如图 5.12 所示,其中(AB)$_m$和(A'B')$_n$分别为两个由单负特异材料组成的光子晶体,A(A')为负介电常数材料,B(B')为负磁导率材料),在整体结构的平均介电常数和平均磁导率都等于零时,可以发生隧穿现象。如图 5.13 所示,光子晶体(AB)$_m$和光子晶体(A'B')$_n$在 0.6 GHz~1.0 GHz 范围内各形成一个单负带隙,其中一个为负介电常数带隙,另一个为负磁导率带隙,但由两个光子晶体形成的异质结在 0.798 5 GHz

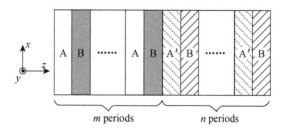

图 5.12　由负介电常数材料和负磁导率材料组成的光子晶体异质结

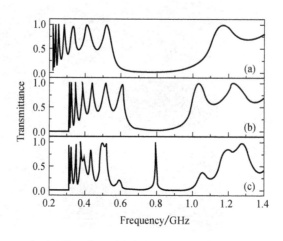

图 5.13　光子晶体及满足隧穿条件的光子晶体异质结的透射谱

(a) 光子晶体(AB)$_m$的透射谱;(b) 光子晶体(A'B')$_n$的透射谱;
(c) (AB)$_m$和(A'B')$_n$组成的异质结的透射谱

处有一个透射峰,即电磁波在异质结中发生了隧穿现象。这是由于两个光子晶体形成的异质结的平均介电常数和平均磁导率在 0.798 5 GHz 处同时等于零的结果。利用有效介质理论,可以定义整个异质结结构的平均有效介电常数和平均有效磁导率分别为

$$\bar{\varepsilon} = \frac{(\varepsilon_{ENG}d_{ENG} + \varepsilon_{MNG}d_{MNG})}{(d_{ENG} + d_{MNG})}, \tag{5.9}$$

$$\bar{\mu} = \frac{(\mu_{ENG}d_{ENG} + \mu_{MNG}d_{MNG})}{(d_{ENG} + d_{MNG})}, \tag{5.10}$$

这里 ε_{ENG}(ε_{MNG})代表负介电常数材料(负磁导率材料)的有效介电常数;μ_{ENG}(μ_{MNG})表示负介电常数材料(负磁导率材料)的有效磁导率;d_{ENG}(d_{MNG})是负介电常数材料(负磁导率材料)的总长度。根据式(5.9)和式(5.10),可以计算出整个异质结结构的平均有效介电常数等于零和平均有效磁导率等于零的频率点。同时文献也指出若两光子晶体形成的异质结的平均介电常数和平均磁导率在单负带隙的频率范围内不满足同时等于零的条件时,将不会有隧穿现象的发生。如图 5.14 所示,光子晶体 $(AB)_m$ 和光子晶体 $(A'B')_n$ 在 0.6 GHz～1.0 GHz 范围内各形成一个

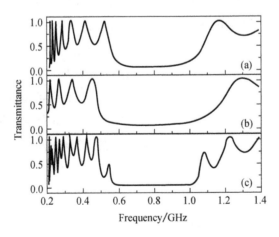

图 5.14　光子晶体及不满足隧穿条件的光子晶体异质结的透射谱

(a) 光子晶体 $(AB)_m$ 的透射谱;(b) 光子晶体 $(A'B')_n$ 的透射谱;
(c) $(AB)_m$ 和 $(A'B')_n$ 组成的异质结的透射谱

单负带隙,同样其中一个为负介电常数带隙,另一个为负磁导率带隙,但由于两个光子晶体形成异质结的平均介电常数和平均磁导率在 0.6 GHz～1.0 GHz 范围内没有同时等于零的频率点,所以没有隧穿现象的发生。此外,文献还指出当隧穿现象发生时,隧穿模具有与入射角度和偏振无关的特点,并且电磁波通过异质结时也不会带来相位的变化,因此该结构可用来设计零相移全向滤波器。下面将通过实验来观察这种隧穿现象的发生,为单负特异材料这一重要特性的应用提供实验依据。然后在验证隧穿现象的基础上,进一步研究光子晶体周期性的破坏对隧穿现象的影响。

5.4.1 异质结中电磁波隧穿现象的实验验证

1. 共面波导加载集总 L-C 元件制备单负特异材料

图 5.15(a)是利用共面波导和集总 L-C 元件构造的一维单负特异材料的结构示意图。它是在共面波导的中心导带上周期性地开一些狭缝,焊上贴片电容,并在中心导带和接地板之间周期性地焊上贴片电感,中心导带两侧的电感互相对称。一个串联的电容和两个互相对称的并联的电感构成一个单元。图 5.15(b)是一个 9 单元的单负特异材料的实物图照片。实验中采用的介电常数为 4.75,介质板厚度为 1.6 mm 的单面印刷电路板,共面波导的中心带宽 4.5 mm,中心导带和接地板间的狭缝宽 0.52 mm,金属层厚度为 18 μm。在这些参数下,共面波导的特征阻抗 Z_0 为 50 Ω,分布电容 C_0 是 104 pF/m,分布电感 L_0 是 260 nH/m。另外,一个单元的长度 d 被设计为 8 mm(包含中心导带上开的狭缝的宽度)。

图 5.15 所示结构的一个单元的等效电路如图 5.16 所示。利用传输矩阵理论和布洛赫边界条件可得图 5.16 所示特异材料在无损耗时的色散关系

$$\cos(\beta d) = \cos(kd)\left(1 - \frac{1}{2\omega^2 LC}\right) + \sin(kd)\left(\frac{1}{2\omega C Z_o} + \frac{Z_o}{\omega L}\right) - \frac{1}{2\omega^2 LC},$$

$$(5.11)$$

式中,β 是共面波导上加载集总 L-C 元件构造的一维特异材料的相移常数,k 表示共面波导的相移因子,其表达式为 $k = \omega\sqrt{L_0 C_0}$,Z_o 表示共面波导的特征阻抗,共面波导中的相移为 $\theta = kd$。C_0,L_0 代表共面波导的分布电容和分部电感,C 和

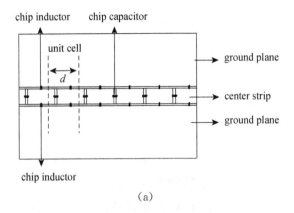

(a)

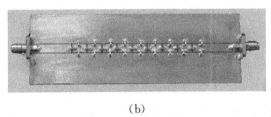

(b)

图 5.15   (a) 利用共面波导和集总 L–C 元件构造的一维特异材料的结构示意图；
（b）利用共面波导和集总 L–C 元件构造的一维特异材料的实物照片

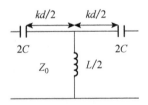

图 5.16   图 5.15 所示结构的一个单元的等效电路

L 表示加载的集总电容和集总电感的大小。当基本单元的长度 d 远小于微波的波长时，色散关系可简化为

$$\beta \approx \pm \omega \sqrt{\left(L_0 - \frac{1}{\omega^2 C d}\right)\left(C_0 - \frac{2}{\omega^2 L d}\right)}. \tag{5.12}$$

由上式，可以得到特异材料的有效介电常数和有效磁导率分别为

$$\varepsilon_{\text{eff}} \approx (1/p)\left(C_0 - \frac{2}{\omega^2 L d}\right), \tag{5.13}$$

$$\mu_{\text{eff}} \approx p\left(L_0 - \frac{1}{\omega^2 C d}\right), \tag{5.14}$$

其中，p 是一个常数因子，其值由 L_0，C_0，L 和 C 确定。当 $L_0 = 260$ nH/m，$C_0 =$ 104 pF/m，$L = 5.1$ pF，$C = 4.7$ nH 时，可以利用式(5.12)计算出一维特异材料的色散关系图，如图 5.17 所示。另外，利用式(5.13)和式(5.14)可以给出特异材料的有效介电常数和有效磁导率随频率的变化关系图（当 $L_0 = 260$ nH/m，$C_0 =$ 104 pF/m，$L = 5.1$ pF，$C = 4.7$ nH 时，可计算出 $p = 4.8$），如图 5.18 所示。由图 5.17 和图 5.18 可知，在 f_{c1} 和 f_{c2} 之间是 $\mu_{\text{eff}} > 0$，$\varepsilon_{\text{eff}} < 0$ 的单负阻带，通常称为 epsilon-negative (ENG)带隙(gap)。所以图 5.15 所示结构在 f_{c1} 和 f_{c2} 之间可以被看作是负介电常数材料。另外，从 f_b 到 f_{c1} 是 $\mu_{\text{eff}} < 0$，$\varepsilon_{\text{eff}} < 0$ 的左手性通带(Left-handed passband)；f_{c2} 以上是 $\varepsilon_{\text{eff}} > 0$，$\mu_{\text{eff}} > 0$ 的右手性通带(Right-handed passband)。也就是说，图 5.15 所示的结构在从从 f_b 到 f_{c1} 的频率范围内是左手材料，在大于 f_{c2} 的频率范围内是右手材料。

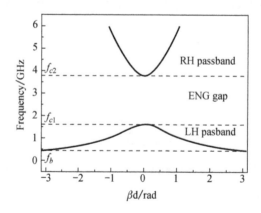

图 5.17 $C = 5.1$ pF，$L = 4.7$ nH 时，共面波导特异料的色散关系图

如果加载的电容和电感分别是 $C = 0.5$ pF，$L = 10$ nH，同样可以利用式 (5.12)、式(5.13)和式(5.14)得到特异材料的色散关系图以及特异材料的有效介电常数和有效磁导率随频率的变化关系图，如图 5.19 和图 5.20 所示。由两图可

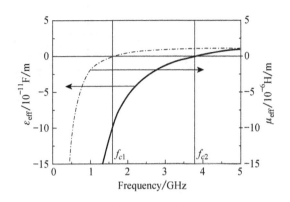

图 5.18　$C=5.1\,\mathrm{pF}$, $L=4.7\,\mathrm{nH}$ 时,共面波导特异材料的有
效介电常数和有效磁导率随频率的变化关系图

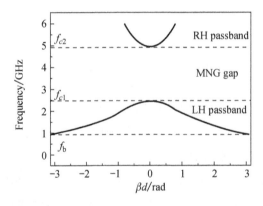

图 5.19　$C=0.5\,\mathrm{pF}$, $L=10\,\mathrm{nH}$ 时,共面波导特异料的色散关系图

知,同样可以在 f_{c1} 和 f_{c2} 之间获得单负带隙。但此时是 $\mu_{\mathrm{eff}}<0$, $\varepsilon_{\mathrm{eff}}>0$ 的负磁导率
带隙。也就说在 f_{c1} 和 f_{c2} 两频率之间得到了负磁导率材料。另外,与加载的电容
和电感 $C=5.1\,\mathrm{pF}$, $L=4.7\,\mathrm{nH}$ 时相同,从 f_b 到 f_{c1} 是 $\mu_{\mathrm{eff}}<0$, $\varepsilon_{\mathrm{eff}}<0$ 的左手性通
带; f_{c2} 以上是 $\varepsilon_{\mathrm{eff}}>0$, $\mu_{\mathrm{eff}}>0$ 的右手性通带。总之,通过在共面波导上加载集总
L－C元件,通过电容电感数值的选择,既可以获得负介电常数材料,也可以获得负
磁导率材料。

　　另外,由 $\beta=0$,可以推出 f_{c1} 和 f_{c2} 的表达式分别为

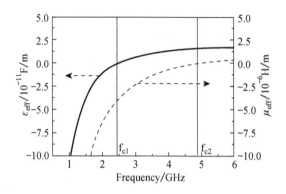

图 5.20 $C=0.5$ pF，$L=10$ nH 时，共面波导特异材料的有
效介电常数和有效磁导率随频率的变化关系图

$$f_{c1} = \frac{1}{2\pi\sqrt{LC_0 d}}, \quad f_{c2} = \frac{1}{2\pi\sqrt{CL_0 d}} \quad (LC_0 > CL_0), \tag{5.15}$$

或者

$$f_{c1} = \frac{1}{2\pi\sqrt{CL_0 d}}, \quad f_{c2} = \frac{1}{2\pi\sqrt{LC_0 d}} \quad (LC_0 < CL_0). \tag{5.16}$$

当 $LC_0 > CL_0$ 时，单负带隙为负磁导率带隙；当 $LC_0 < CL_0$ 时，单负带隙为负介电常数
带隙。根据式(5.15)和式(5.16)可以很方便地控制单负带隙的性质及频率范围。

2. 电磁波隧穿的实验验证

利用上述制备单负特异材料的方法可以制备两种光子晶体($\mathrm{ENG_1 MNG_3}$)$_6$ 和
($\mathrm{MNG_1 ENG_3}$)$_6$（这里下标"1"和"3"表示负介电常数材料或负磁导率材料的单元
数，"6"表示周期数）。图 5.21(a)和图 5.21(b)分别给出了这两种光子晶体的实物
照片。图 5.22(a)和图 5.22(b)分别描述了这两种光子晶体的平均介电常数和平
均磁导率随频率的变化。由图 5.22(a)和图 5.22(b)可以看出，对于光子晶体
($\mathrm{ENG_1 MNG_3}$)$_6$，在频率 $f_{c1}=2.39$ GHz 和频率 $f_{c2}=3.16$ GHz 之间，其有效介电
常数大于零，有效磁导率小于零。也就是说，在频率 $f_{c1}=2.39$ GHz 和频率 $f_{c2}=$
3.16 GHz 之间带隙是负磁导率带隙。对于光子晶体($\mathrm{MNG_1 ENG_3}$)$_6$，在频率 $f_{c1}=$
2.45 GHz 和频率 $f_{c2}=3.02$ GHz 之间，其有效介电常数小于零，有效磁导率大于
零。即在频率 $f_{c1}=2.45$ GHz 和频率 $f_{c2}=3.02$ GHz 之间带隙是负介电常数带

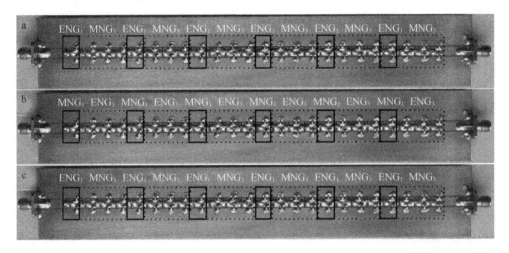

图 5.21 光子晶体及光子晶体异质结的实物照片

(a) 光子晶体(ENG$_1$MNG$_3$)$_6$；(b) 光子晶体(MNG$_1$ENG$_3$)$_6$；
(c) 光子晶体异质结(ENG$_1$MNG$_3$)$_3$(MNG$_1$ENG$_3$)$_3$

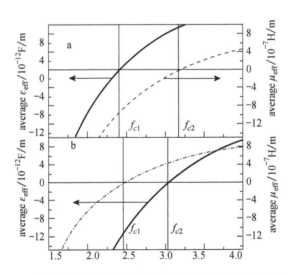

图 5.22 计算的光子晶体的平均有效介电常数和平均有效磁导率

(a) 光子晶体(ENG$_1$MNG$_3$)$_6$；(b) 光子晶体(MNG$_1$ENG$_3$)$_6$

隙。同时,模拟和测试了两种光子晶体的传输特性,如图 5.23 所示,对于光子晶体 $(ENG_1MNG_3)_6$,的确存在负磁导率带隙,对于光子晶体 $(MNG_1ENG_3)_6$,的确存在负介电常数带隙。利用光子晶体 $(ENG_1MNG_3)_6$ 和 $(MNG_1ENG_3)_6$,可以得到如图 5.21(c)所示的光子晶体异质结 $(ENG_1MNG_3)_3(MNG_1ENG_3)_3$。对于整个异质结结构,可以看出,负介电常数材料的总长度和负磁导率材料的总长度相等,平均有效介电常数等于零的频率点就是 $\varepsilon_{MNG} = -\varepsilon_{ENG}$ 的点,平均有效磁导率等于零的频率点即 $\mu_{ENG} = -\mu_{MNG}$ 的点。图 5.24 给出了平均有效介电常数等于零的频率点和平均有效磁导率等于零的频率点的比较,可以看出,平均有效介电常数等于零的频率点是 2.73 GHz,平均有效磁导率等于零的频率点是 2.84 GHz,两频率点非常接近,也就是说隧穿条件基本满足,此时隧穿现象将会发生。模拟和测试的光子晶体异质结 $(ENG_1MNG_3)_3(MNG_1ENG_3)_3$ 的 S_{21} 参数如图 5.25 所示,由图可知,隧穿现象确实发生了,对于模拟结果,隧穿频率出现在 $f_0 = 2.39$ GHz 处,对于实验结果,隧穿频率出现在 $f_0 = 2.43$ GHz 处,两种结果是吻合的。另外,与理论计算结果相比,模拟和实验结果向低频有所移动,这是由于真实集总元件的色散特性所致。

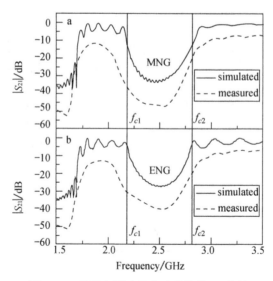

图 5.23　模拟和测试的光子晶体的 S_{21} 参数

(a) 光子晶体 $(ENG_1MNG_3)_6$;(b) 光子晶体 $(MNG_1ENG_3)_6$

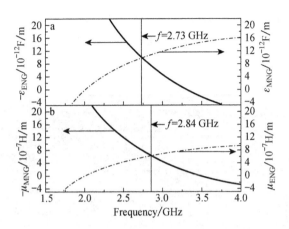

图 5.24　光子晶体异质结$(ENG_1MNG_3)_3(MNG_1ENG_3)_3$的平均
有效介电常数和平均有效磁导率等于零的频率点比较

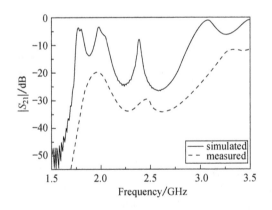

图 5.25　模拟和测试的光子晶体异质结$(ENG_1MNG_3)_3(MNG_1ENG_3)_3$的 S_{21} 参数

5.4.2　光子晶体周期性的破坏对隧穿现象的影响

研究光子晶体周期性的破坏对光子晶体异质结中电磁波隧穿现象的影响。制备了光子晶体的周期性被破坏的异质结,如图 5.26(b)所示,即$(ENG_1MNG_2$ $ENG_1MNG_4ENG_1MNG_3)_1(MNG_1ENG_2MNG_1ENG_4MNG_1ENG_3)_1$。对比图 5.26(a)和图 5.26(b),显然,(b)中,光子晶体的周期性被完全破坏。图 5.27 给出了模拟和测试的图 5.26(a)和图 5.26(b)所示的两种异质结的 S_{21} 参数,由图 5.27 可以看出,光子晶体异质结的周期性破坏后,依然存在隧穿现象,且隧穿频率也基本不变。

图 5.26　光子晶体异质结 $(ENG_1 MNG_3)_3 (MNG_1 ENG_3)_3$ 的周期性被破坏前后的实物照片

(a) 破坏前;(b) 破坏后

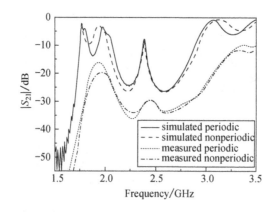

图 5.27　光子晶体异质结 $(ENG_1 MNG_3)_3 (MNG_1 ENG_3)_3$ 的周期性被破坏前后的 S_{21} 参数比较

本章参考文献

[1] F. Qiao, C. Zhang, J. Wan, J. Zi. Photonic quantum-well structures: multiple channeled filtering phenomena[J]. Appl. Phys. Lett., 2000, 77: 3698-3700.

[2] 江海涛. 含特异材料(Metamaterials)的光子晶体及相关问题的理论研究[D]. 同济大学博

士论文,2005.

[3] G. Nimtz, A. Haibel, R. M. Vetter. Pulse reflection by photonic barriers[J]. Phys. Rev. E, 2002, 66：037602-0376025.

[4] 董丽娟,江海涛,杨成全,等.含色散与非线性媒质的光子晶体的简正耦合模[J].光子学报,2007,36(12)：2248-2251.

[5] E. Lidorikis, K. Busch, Q. M. Li, et al. Optical nonlinear response of a single nonlinear dielectric layer sandwiched between two linear dielectric structures[J]. Phys. Rev. B, 1997, 56：15090-15099.

[6] Nian-Hua Liu, Shi-Yao Zhu, Hong Chen. Localized electromagnetic modes of one-dimensional modulated nonlinear photonic band-gap structures[J]. Phys. Rev. B, 2001, 64：165105-165114.

[7] 江海涛,刘念华.具有非线性缺陷的光子晶体的局域模[J].光学学报,2002,22(4)：385-388.

[8] 江海涛,刘念华.含色散与非线性媒质的光子晶体的简正耦合模[J].光学学报,2002,22(11)：1400-1403.

[9] 王梓里.含特异材料(Metamaterials)的复合结构的研究[D].同济大学硕士论文,2011.

[10] C. M. Rappaport, B. J. McCartin. FDFD analysis of electromagnetic scattering in anisotropic media using unconstrained triangular meshes[J]. IEEE Trans. Antenn. Propag. , 1991, 39：345-349.

[11] J. L. Zhang, H. T. Jiang, W. D. Shen, et al. Omnidirectional transmission bands of one-dimensional metal-dielectric periodic structures[J]. Opt. Soc. Am. B, 2008, 25：1474-1478.

[12] S. Zouhdi, A. V. Dorofeenko, A. M. Merzlikin, et al. Theory of zero-width band gap effect in photonic crystals made of metamaterials[J]. Phys. Rev. B, 2007, 75：035125-035130.

[13] G. S. Guan, H. T. Jiang, H. Q. Li, et al. Tunneling modes of photonic hetero structures consisting of single-negative materials[J]. Appl. Phys. Lett. , 2006, 88：211112-211112 .

[14] 冯团辉.单负特异材料及复合结构传播特性的研究[D].同济大学博士论文,2008.

[15] M. A. Antoniades, G. V. Eleftheriades. Compact linear lead/lag metamaterial phase shifters for broadband applications[J]. IEEE Antenna Wireless Porpagat. Lett. , 2003, 2：103-106.

［16］A. Grbic, G. V. Eleftheriades. Experimental verification of backward-wave radiation from a negative refractive index metamaterial［J］. Appl. Phys. , 2002, 92: 5930-5935.

［17］A. Alù, N. Engheta. Pairing an epsilon-negative slab with a mu-negative slab: resonance, tunneling and transparency［J］. IEEE Trans. Antennas Propagat. , 2003, 51(10): 2558-2571.

第 6 章

磁光单负特异材料复合结构的
法拉第旋转效应

  光子晶体是一类介电常数周期性变化的人工复合结构,由于不同介电常数材料界面上的周期性散射效应(即 Bragg 散射),形成对光不透明的光子带隙,从而人们可以用类似于半导体的方式来调控光的传播行为。基于这种新的调控方式,光子晶体被应用到很广泛的范围。其中,利用光子带隙结构来增强法拉第旋转效应就是一个典型的例子。

  法拉第旋转效应指的是偏振光通过磁光介质后偏振面发生旋转的效应,这种磁光效应被广泛应用到光调控器件如光隔离器中。利用磁光光子晶体实现的光隔离器,相对于单层磁光介质来说,具有透射高、法拉第旋转效应强、体积小的优点。然而,磁光光子晶体也存在它的局限性。由于光子带隙来源于 Bragg 散射机制,这要求组成磁光光子晶体的磁光材料必须是透明的介质材料,如被研究最多的磁光介质是透明的钇铁石榴石材料。通过磁光光子晶体带隙结构的慢波调控效应,可以显著增强法拉第旋转效应。为进一步增强磁光效应,需要寻找具有更大磁光系数的磁光材料。我们知道,磁光金属有着远大于钇铁石榴石的磁光系数。但不幸的是磁光金属是不透明的,这样一方面无法利用透射光强,另一方面难以在传统的 Bragg 散射机制下形成光子带隙结构。因此,一个很自然的问题是:是否能找到一种不同于 Bragg 散射的形成机制,将磁光金属的巨大磁光效应与光子带隙的灵活调控效应有机结合起来形成新的法拉第旋转效应器件。

  特异材料拥有很多新颖的物理现象和性质,对光波有许多正常材料所不具备的调控作用,单负特异材料是其中的一类。单负特异材料通常是不透明的,材料中仅支持倏逝波,磁光单负特异材料(即磁光金属)在等离子体振荡频率之下就是一种典型的具有吸收的负介电常数材料。虽然单负特异材料是不透明的,但负介电常数材料和负磁导率材料双层匹配结构中存在光隧穿现象,在隧穿频率下匹配结构变得完全透明。由负介电常数材料和负磁导率材料交替排列组成的光子晶体形成能带的机制是隧穿机制,这种机制是一种完全不同于 Bragg 散射的新机制,因此含单负特异材料的光子晶体中形成了新的零有效相位带隙,该带隙具有与 Bragg 带隙完全不同的性质,即与晶格常数的缩放无关且受晶格涨落影响很小,这是因为电磁场局域在两种单负特异材料界面上的缘故。因此,利用光隧穿机制,可以实现磁光金属(负介电常数材料)的光隧穿现象。但是,在可见光波段,负磁导率材料是利用人工金属微结构实现,损耗非常大,这将会大大影响光隧穿效应。在最近的研究工作中发现,在光波段,全介质光子晶体的光子带隙可以用一个电单负或磁单负材料描述。这种结构等效的单负特异材料在光波段具有损耗非常小的优点,所以人们利用全介质光子晶体等效负磁导率材料与块金属组成匹配结构,实现光隧穿现象。如果将磁光金属与全介质光子晶体等效负磁导率材料一起组成匹配结构,同样可以实现光隧穿现象,并同时通过隧穿模式在磁光金属界面上的电磁场增强效应来增强法拉第旋转效应。由此,光隧穿机制有希望同时实现对磁光金属的透射以及磁光效应的调控作用。

6.1　4×4 转移矩阵方法

光从具有磁矩的介质透过,光的偏振状态发生改变。这是电场 E 和磁场 H 与具有磁矩的介质相互作用的结果。磁光效应与具有磁矩的介质的介电常数张量 ε、电导率张量 σ、磁导率张量 μ 相关。磁光效应以其各种物理效应的相互作用多处于高频情况下,此时只有质量很小的电子受光波场作用而运动,与电子自旋有关的运动不受光波的影响,则介质的磁导率 μ 可以认为 $\mu \approx 1$,一般介质的电阻率也很高,因而电导率 $\sigma \approx 0$。所以磁光效应可以归因到介电常数张量 ε 来讨论。由于磁光介质的介电常数是张量,所以转移矩阵的形式是 4×4 矩阵。下面给出利用 4×4 转移矩阵方法计算磁光介质的反射率和透射率以及法拉第旋转角度的推导过程。

6.1.1 折射率的形式

考虑一平面电磁波在一个无限大的磁光介质中传播。静磁场 h_z 均匀分布于其中,介质被磁化到饱和,磁化强度 M 平行于 z 轴。为了计算方便,介质内的各种损耗略去不计。设平面光波的传播方向为 s(s 为传播方向的单位矢量),k 与 h_z 方向的夹角为 θ,在本书中我们只讨论正入射($\theta=0$)的情况。由于是平面电磁波,它的场矢量 D,E,B,H 随时间和距离的变化规律表示为 $\exp\left[i\left(\dfrac{\omega}{c}ns \cdot r - \omega t\right)\right]$;波的相速度 $\upsilon = \dfrac{c}{n}$;n 为折射率。

对于磁光介质

$$D = \varepsilon_0 \boldsymbol{\varepsilon} E, \ B = \mu_0 \mu_r H, \tag{6.1}$$

其中,$\boldsymbol{\varepsilon}$ 为张量介电常数,其表达式为

$$\boldsymbol{\varepsilon} = \begin{pmatrix} \varepsilon_1 & i\varepsilon_2 & 0 \\ -i\varepsilon_2 & \varepsilon_1 & 0 \\ 0 & 0 & \varepsilon_3 \end{pmatrix}. \tag{6.2}$$

光波的 E 和 H 之间满足 Maxwell 方程组:

$$\nabla \times E = -\mu_0 \frac{\partial H}{\partial t}, \tag{6.3}$$

$$\nabla \times H = \varepsilon_0 \boldsymbol{\varepsilon} \frac{\partial E}{\partial t}. \tag{6.4}$$

将式(6.1)和式(6.2)代入式(6.3)和式(6.4)中,经过计算得到

$$\begin{pmatrix} n^2(1-k_x^2)-\varepsilon_1 & -n^2 k_x k_y - i\varepsilon_2 & -n^2 k_x k_z \\ -n^2 k_x k_y + i\varepsilon_2 & n^2(1-k_y^2)-\varepsilon_1 & -n^2 k_y k_z \\ -n^2 k_x k_z & -n^2 k_y k_z & n^2(1-k_z^2)-\varepsilon_3 \end{pmatrix} \begin{pmatrix} E_x \\ E_y \\ E_z \end{pmatrix} = 0, \tag{6.5}$$

式中,k_x,k_y 和 k_z 分别表示波矢 k 相对于 x,y 和 z 轴的方向余弦。我们知道,E

具有非零解的条件是式(6.5)中的三阶系数行列式等于零,由此可得

$$n^4(\varepsilon_1 k_x^2 + \varepsilon_1 k_y^2 + \varepsilon_3 k_z^2) - n^2 [(\varepsilon_1^2 - \varepsilon_2^2)(k_x^2 + k_y^2) + \varepsilon_1\varepsilon_3(k_x^2 + k_y^2 + 2k_z^2)] + \varepsilon_3(\varepsilon_1^2 - \varepsilon_2^2) = 0,$$

对于法拉第旋转效应,如果电磁波传播的方向平行于 h_z 方向,即沿 z 轴传播($\theta =$ 0,正入射)时,则 $k_x = k_y = 0$, $k_z = 1$,在这种情况下可以得到折射率的表达式为

$$n_\pm^2 = \varepsilon_1 \pm \varepsilon_2, \tag{6.6}$$

其中, n_+ 和 n_- 分别对应光波在磁光介质中传播时的右旋和左旋偏振光。由此可见,对于一个在介质中沿磁化强度 M 方向传播的线偏振光,可分解为两个沿相反方向转动的圆偏振光,这两个圆偏振光无相互作用地以不同的相速度 c/n_+ 和 c/n_- 向前传播。

6.1.2 转移矩阵的推导

考虑单色波入射到一个施加外磁场的磁光介质中,外磁场的方向为 z 方向,电磁波的方向同样沿 z 轴(正入射情况)。电磁场各分量关于时间的部分具有 $e^{-i\omega t}$ 的形式,消去时间部分得到各向异性的无源介质中的麦克斯韦方程是:

$$\nabla \times \boldsymbol{E}(\boldsymbol{r}) = i\omega\mu_0 \boldsymbol{H}(\boldsymbol{r}),$$

$$\nabla \times \boldsymbol{H}(\boldsymbol{r}) = -i\omega\varepsilon_0 \boldsymbol{\varepsilon} \boldsymbol{H}(\boldsymbol{r}). \tag{6.7}$$

将式(6.2)代入式(6.7)中,电场强度 E 和磁场强度 H 写成列矢的形式,并做变量代换 $\boldsymbol{e} = \varepsilon_0 \boldsymbol{E}$, $\boldsymbol{h} = \boldsymbol{H}/c$。根据麦克斯韦方程组和边界条件,可以写出光波入射到介质中的某个界面上的电磁场的形式

$$\begin{pmatrix} e_x \\ e_y \\ h_x \\ h_y \end{pmatrix}_z = \begin{pmatrix} 1 & 1 & 1 & 1 \\ -i & -i & i & i \\ i\sqrt{\varepsilon_R} & -i\sqrt{\varepsilon_R} & -i\sqrt{\varepsilon_L} & i\sqrt{\varepsilon_L} \\ \sqrt{\varepsilon_R} & -\sqrt{\varepsilon_R} & \sqrt{\varepsilon_L} & -\sqrt{\varepsilon_L} \end{pmatrix} \begin{pmatrix} A_1 e^{ik_R z} \\ A_2 e^{-ik_R z} \\ A_3 e^{ik_L z} \\ A_4 e^{-ik_L z} \end{pmatrix}, \tag{6.8}$$

其中 $k_R = (\omega/c)\varepsilon_R^{1/2}$ 和 $k_L = (\omega/c)\varepsilon_L^{1/2}$,对应的介电常数 $\varepsilon_R = \varepsilon_1 + \varepsilon_2$ 和 $\varepsilon_L = \varepsilon_1 - \varepsilon_2$, A_1, A_2, A_3, A_4 是耦合系数。根据转移矩阵的原理,当光波在介质中传播了 Δz

厚度时,可以得到它们的电磁场为

$$
\begin{bmatrix} e_x \\ e_y \\ h_x \\ h_y \end{bmatrix}_{z+\Delta z} = \begin{bmatrix} M_{00} & M_{01} & M_{02} & M_{03} \\ M_{10} & M_{11} & M_{12} & M_{13} \\ M_{20} & M_{21} & M_{22} & M_{23} \\ M_{30} & M_{31} & M_{32} & M_{33} \end{bmatrix} \begin{bmatrix} e_x \\ e_y \\ h_x \\ h_y \end{bmatrix}_z . \tag{6.9}
$$

结合式(6.8)和式(6.9)可以推导出 4×4 转移矩阵 $\boldsymbol{M}$ 的每一个矩阵元的表达式。下面给出每一个矩阵元的表达式

$$
M_{00} = \frac{1}{2}(\cos(k_R \Delta z) + \cos(k_L \Delta z)),
$$

$$
M_{01} = \frac{i}{2}(\cos(k_R \Delta z) - \cos(k_L \Delta z)),
$$

$$
M_{02} = \frac{1}{2}\left(\frac{1}{\sqrt{\varepsilon_R}}\sin(k_R \Delta z) - \frac{1}{\sqrt{\varepsilon_L}}\sin(k_L \Delta z)\right),
$$

$$
M_{03} = \frac{i}{2}\left(\frac{1}{\sqrt{\varepsilon_R}}\sin(k_R \Delta z) + \frac{1}{\sqrt{\varepsilon_L}}\sin(k_L \Delta z)\right),
$$

$$
M_{10} = -\frac{i}{2}(\cos(k_R \Delta z) - \cos(k_L \Delta z)),
$$

$$
M_{11} = \frac{1}{2}(\cos(k_R \Delta z) + \cos(k_L \Delta z)),
$$

$$
M_{12} = -\frac{i}{2}\left(\frac{1}{\sqrt{\varepsilon_R}}\sin(k_R \Delta z) + \frac{1}{\sqrt{\varepsilon_L}}\sin(k_L \Delta z)\right),
$$

$$
M_{13} = \frac{1}{2}\left(\frac{1}{\sqrt{\varepsilon_R}}\sin(k_R \Delta z) - \frac{1}{\sqrt{\varepsilon_L}}\sin(k_L \Delta z)\right),
$$

$$
M_{20} = -\frac{1}{2}(\sqrt{\varepsilon_R}\sin(k_R \Delta z) - \sqrt{\varepsilon_L}\sin(k_L \Delta z)),
$$

$$
M_{21} = -\frac{i}{2}(\sqrt{\varepsilon_R}\sin(k_R \Delta z) + \sqrt{\varepsilon_L}\sin(k_L \Delta z)),
$$

$$M_{22} = \frac{1}{2}(\cos(k_R \Delta z) + \cos(k_L \Delta z)),$$

$$M_{23} = \frac{i}{2}(\cos(k_R \Delta z) - \cos(k_L \Delta z)),$$

$$M_{30} = \frac{i}{2}(\sqrt{\varepsilon_R}\sin(k_R \Delta z) + \sqrt{\varepsilon_L}\sin(k_L \Delta z)),$$

$$M_{31} = -\frac{1}{2}(\sqrt{\varepsilon_R}\sin(k_R \Delta z) - \sqrt{\varepsilon_L}\sin(k_L \Delta z)),$$

$$M_{32} = -\frac{i}{2}(\cos(k_R \Delta z) - \cos(k_L \Delta z)),$$

$$M_{33} = \frac{1}{2}(\cos(k_R \Delta z) + \cos(k_L \Delta z)).$$

同样,可以写出电磁波在各向同性非磁光介质中正入射传播的 4×4 转移矩阵为

$$D = \begin{pmatrix} \cos(k_D \Delta z) & 0 & 0 & \frac{i}{\sqrt{\varepsilon_D}}\sin(k_D \Delta z) \\ 0 & \cos(k_D \Delta z) & -\frac{i}{\sqrt{\varepsilon_D}}\sin(k_D \Delta z) & 0 \\ 0 & -i\sqrt{\varepsilon_D}\sin(k_D \Delta z) & \cos(k_D \Delta z) & 0 \\ i\sqrt{\varepsilon_D}\sin(k_D \Delta z) & 0 & 0 & \cos(k_D \Delta z) \end{pmatrix},$$

其中, $k_D = \frac{\omega}{c}\sqrt{\varepsilon_D}$, ε_D 为各向同性介质中的介电常数。在各向同性非磁光介质中的 4×4 转移矩阵与 2×2 转移矩阵是完全等效的。

6.1.3　反射率、透射率及法拉第旋转角的推导

当光波穿过厚度为 Δz 的磁光介质时,设入射界面处为 z_0 ,则出射界面就是 $z_0 + \Delta z$,利用 4×4 转移矩阵可以给出入射界面和出射界面的电磁场,可以写为

$$F(z_0 + \Delta z) = MF(z_0), \tag{6.10}$$

假定入射波写成 TM 波,则反射和透射分别可以写为 TM 和 TE 两种偏振波,
$F(z_0)$ 和 $F(z_0 + \Delta z)$ 分别为

$$
F(z_0) = \begin{pmatrix} 1 & C_1 & 0 & 0 \\ 0 & 0 & 0 & C_2 \\ 0 & 0 & 0 & C_2 \\ 1 & -C_1 & 0 & 0 \end{pmatrix} \begin{pmatrix} e^{ik(z-z_0)} \\ e^{-ik(z-z_0)} \\ e^{ik(z-z_0)} \\ e^{-ik(z-z_0)} \end{pmatrix},
\tag{6.11}
$$

$$
F(z_0 + \Delta z) = \begin{pmatrix} C_3 & 0 & 0 & 0 \\ 0 & 0 & C_4 & 0 \\ 0 & 0 & -C_4 & 0 \\ C_3 & 0 & 0 & 0 \end{pmatrix} \begin{pmatrix} e^{ik(z-z_0-\Delta z)} \\ e^{-ik(z-z_0-\Delta z)} \\ e^{ik(z-z_0-\Delta z)} \\ e^{-ik(z-z_0-\Delta z)} \end{pmatrix},
\tag{6.12}
$$

式中,C_1 和 C_2 分别是两种偏振光的反射系数,C_3 和 C_4 分别是两种偏振光的透射
系数。把式(6.11)和式(6.12)带入式(6.10)中可以求解出系数 C_1,C_2,C_3 和 C_4
的表达式

$$
C_1 = \frac{\begin{aligned}&-(M_{01}+M_{02}-M_{31}-M_{32})(M_{20}+M_{23}+M_{10}+M_{13})\\&-(M_{11}+M_{12}+M_{21}+M_{22})(M_{30}+M_{33}-M_{00}-M_{03})\end{aligned}}{\begin{aligned}&(M_{11}+M_{12}+M_{21}+M_{22})(M_{30}-M_{33}-M_{00}+M_{03})\\&+(M_{01}+M_{02}-M_{31}-M_{32})(M_{20}-M_{23}+M_{10}-M_{13})\end{aligned}},
\tag{6.13}
$$

$$
C_2 = \frac{(M_{30}+M_{33}-M_{00}-M_{03})+(M_{30}-M_{33}-M_{00}+M_{03})C_1}{M_{01}+M_{02}-M_{31}-M_{32}},
\tag{6.14}
$$

$$
C_3 = M_{00} + M_{03} + (M_{00}-M_{03})C_1 + (M_{01}+M_{02})C_2,
\tag{6.15}
$$

$$
C_4 = M_{10} + M_{13} + (M_{10}-M_{13})C_1 + (M_{11}+M_{12})C_2.
\tag{6.16}
$$

则光波穿过磁光介质的反射率和透射率可以表示为

$$
R = |C_1|^2 + |C_2|^2, \quad T = |C_3|^2 + |C_4|^2.
\tag{6.17}
$$

出射电磁场的单位长度上的法拉第旋转角 θ_F 和椭偏率 η_F 表示为

$$
\theta_F = \frac{1}{2\Delta z}\tan^{-1}\left(\frac{2\mathrm{Re}(\chi)}{1-|\chi|^2}\right),
\tag{6.18}
$$

$$\eta_F = \frac{1}{\Delta z}\tan\left(\frac{1}{2}\sin^{-1}\left(-\frac{2\mathrm{Im}(\chi)}{1+|\chi|^2}\right)\right), \tag{6.19}$$

其中 $\chi = \dfrac{C_4}{C_3}$。

以上的推导过程中,并没有涉及外加磁场,因为法拉第旋转效应本质上是与介质的磁化强度 M 相联系的,而不是与外加磁场相联系。但是,如果没有外加的磁场,许多磁性介质中的原子或离子磁矩都是混乱排列的,此时的磁化强度 M 很小,甚至为零,因此表现出来的法拉第旋转角度一般都很小。

6.2 光子晶体带隙等效单负特异材料

2002 年,D. R. Smith 等人提出利用结构的反射和透射系数,通过反向求解材料的等效阻抗和等效折射率,进而得到有效的磁导率和介电常数的方法。2008 年,郭继勇等人利用 D. R. Smith 等人提出的方法研究了光子晶体带隙等效为单负特异材料的课题。

光子晶体的一个显著特征就是具有光子带隙,可以利用光子带隙来控制光子的流动。在带隙中,电磁波以倏逝波的形式存在,整个光子晶体对电磁波来说是不透明的。这个特点非常类似于单负特异材料,比如负介电常数材料或者负磁导率材料。我们知道,在两种不同性质的单负特异材料中,由于波矢量是纯虚数,所以电磁场只能以迅衰场的形式存在。由此可见,光子晶体的带隙与单负特异材料具有类似的电磁场分布。

首先,考虑在一维情况中,设材料的等效折射率为 n,等效阻抗为 z,长度为 d,入射电磁波圆频率为 ω,真空中电磁波波速为 c,真空中波矢为 $k_0=\omega/c$。当电磁波从真空中垂直入射,可以得到透射系数 t、有效阻抗 z 和有效折射率 n 的关系为

$$t^{-1} = \cos(nk_0 d) - \frac{\mathrm{i}}{2}\left(z+\frac{1}{z}\right)\sin(nk_0 d), \tag{6.20}$$

反射系数 r、有效折射率 n 和有效阻抗 z 的关系为

$$\frac{r}{t} = -\frac{1}{2}\mathrm{i}\left(z-\frac{1}{z}\right)\sin(nk_0 d), \tag{6.21}$$

126

通过以上两公式的变换,可以将折射率和阻抗表示为反射系数和透射系数的函数。通过变化,得到如下形式的两个函数:

$$\cos(nk_0d) = \frac{1}{2t}[1 - (r^2 - t^2)], \tag{6.22}$$

$$z = \pm\sqrt{\frac{(1+r)^2 - t^2}{(1-r)^2 - t^2}}. \tag{6.23}$$

以上式子还不能得得到唯一的等效的介电常数和磁导率。其中式(6.22)的解是多支函数,并且式(6.23)的正负号也必须根据一定的条件确定下来。这里限定材料是被动材料,根据条件 $\mathrm{Re}(z) > 0$ 可以确定式(6.23)的正负号,根据 $\mathrm{Im}(n) > 0$ 可以确定等效折射率的虚部,

$$\mathrm{Im}(n) = \pm\,\mathrm{Im}\left(\frac{\cos^{-1}\left[\frac{1}{2t}[1 - (r^2 - t^2)]\right]}{k_0d}\right), \tag{6.24}$$

对于折射率的实数部分,则是一个多解的反三角函数:

$$\mathrm{Re}(n) = \pm\,\mathrm{Re}\left(\frac{\cos^{-1}\left[\frac{1}{2t}[1 - (r^2 - t^2)]\right]}{k_0d}\right) + \frac{2\pi m}{k_0d}, \tag{6.25}$$

其中,m 为整数。为了更容易确定特异材料的真正参考面,以及当反射或者透射系数很小的时候,可以消除求解时候引起的错误,利用新的方法给出了有效折射率的形式:

$$n_{\mathrm{eff}} = \frac{1}{k_0d}\{\mathrm{Im}[\ln(\mathrm{e}^{in_{\mathrm{eff}}k_0d})] + 2m\pi - i\mathrm{Re}[\ln(\mathrm{e}^{in_{\mathrm{eff}}k_0d})]\}, \tag{6.26}$$

其中,$\mathrm{e}^{ink_0d} = \dfrac{t}{1 - r\dfrac{z-1}{z+1}}$。则有效介电常数和有效磁导率可以通过以下的关系得到:

$$\varepsilon = \frac{n_{\mathrm{eff}}}{z}, \tag{6.27}$$

$$\mu = n_{\mathrm{eff}} \times z. \tag{6.28}$$

对于一般的非对称单元的光子晶体(AB)$_N$,其带隙总是分裂为两部分,一部分具有负的有效介电常数,另一部分具有负的有效磁导率。当其他结构在光子晶体(AB)$_N$的左侧构成异质结时,选用(AB)$_N$等效参数来计算相关的问题;当其他结构在光子晶体(AB)$_N$的右侧构成异质结时,应该选用(BA)$_N$的等效参数来做相关的计算。

6.3 异质结构的法拉第旋转效应

在光波段,全介质光子晶体等效的负磁导率材料具有损耗非常小的优点。因此,利用全介质光子晶体等效的负磁导率材料与磁光金属组合的异质结构,在虚阻抗和虚相位匹配的条件下可以实现光隧穿现象。不同于 Bragg 散射机制,在隧穿机制下,电磁场将局域在全介质光子晶体和磁光金属的界面上。

6.3.1 无损耗时的光隧穿与法拉第旋转效应

考虑一个全介质光子晶体与磁光金属组成的异质结构(AB)^{N}M,如图 6.1 所示,周围被空气包围。其中 A 和 B 层分别代表两种不同折射率的正常材料层,M代表磁光金属层,N 代表光子晶体的周期数目。假定 A,B 和 M 层的折射率分别为 n_A,n_B 和 n_M,厚度分别为 d_A,d_B 和 d_M。在这一节中考虑异质结构(AB)^{N}M 中的磁光金属 M 无色散无损耗的情况。

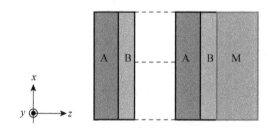

图 6.1 异质结构(AB)^{N}M 的结构示意图

首先设定一个实现光隧穿现象的共振频率 f_0。假定在共振频率处光子晶体(AB)^{N}的光子带隙等效为磁单负时的虚阻抗为 z_i,虚相位为 $NK_i(d_A + d_B)$,磁光金属 M 的虚阻抗为 z_{Mi},虚相位为 $k_{Mi}d_M$。在异质结构 $(AB)^N M$ 中,如果同时满足下列两个条件:

$$z_i = -z_{Mi}, \tag{6.29}$$

$$NK_i(d_A + d_B) = k_{Mi}d_M. \tag{6.30}$$

即同时满足虚阻抗和虚相位匹配,异质结构在共振频率处实现光隧穿现象。其中虚阻抗的确定是:$z_i = Im(z)$(z 来源于公式(6.23)),$z_{Mi} = Im\left(\frac{1}{\sqrt{\varepsilon_M}}\right)$($\varepsilon_M$ 是磁光金属 M 的介电常数);虚相位的确定是:$K_i = \frac{\omega}{c}Im(n_{eff})$($n_{eff}$ 来源于公式(6.26)),$k_{Mi} = \frac{\omega}{c}\sqrt{|\varepsilon_M|}$。

在本节中,选取 A 和 B 材料分别为 SiO_2 和 TiO_2,其中 SiO_2 的折射率为 1.443,TiO_2 的折射率为 2.327;磁光金属 M 为 Co_6Ag_{94},在 $\lambda = 631$ nm 时,其介电常数对角元素取 $\varepsilon_{M1} \approx -10$,非对角元素取 $\varepsilon_{M2} = -0.01$(由于该项对匹配结构的隧穿会产生影响,因此在这一小节中,该项的取值比实际值要小)。根据虚阻抗和虚相位匹配,可以通过计算来调节异质结构 $(AB)^N M$ 的光隧穿现象。通过计算,设计了异质结构 $(AB)^6 M$ 在 $\lambda = 631$ nm 处的光隧穿现象。其中,A 和 B 层的厚度分别为 90 nm 和 59.5 nm,M 层的厚度为 46 nm。图 6.2(a) 和图 6.2(b) 分别给出了异质结构 $(AB)^6 M$ 的反射率、透射率和法拉第旋转角随着波长的变化曲线。由图 6.2(a) 中的实线可以看到,在波长 631 nm 处反射率达到零,电磁波能量全部进入结构中,所以在该波长处发生了共振隧穿现象。由于每种材料都没有考虑损耗,因此在共振隧穿波长处达到了完美透射,如图 6.2(a) 中的虚线所示。在异质结构中,对应于共振隧穿波长处出现了一个增强的磁光法拉第旋转角,如图 6.2(b) 所示。为了寻找法拉第旋转角度增强的原因,计算了在共振隧穿波长处电磁场强度的分布图,如图 6.2(c) 所示。由图可以看到,电磁场局域在光子晶体和磁光金属的界面上。由于电磁场局域在磁光金属附近的缘故,增强了电磁场在磁光金属内部的强相互作用从而导致了磁光金属的法拉第旋转效应的增强。

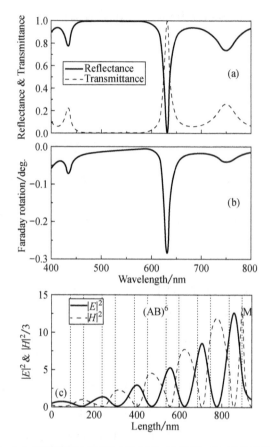

图 6.2　(a) 异质结构(AB)^{6}M 的反射、透射谱；(b) 法拉第旋转角；
(c) 对应于图(a)中隧穿波长处的电场强度(实线)和磁场强
度(虚线)分布，其中磁场强度缩小了 3 倍

　　第二个光学设计是异质结构(AC)^{6}M，C 材料层代表磁光介质掺铋的钇铁石榴
石(Bi：YIG)，其光学常数和磁光常数选用 $\varepsilon_{C1} \approx 5.63$，$\varepsilon_{C2} = -0.002$；A 材料层仍然
代表 SiO$_2$，折射率为 1.443。磁光金属 M 的参数选取与第一个结构中的参数一
样，为了对比在两种异质结构(AB)^{6}M 和(AC)^{6}M 中的法拉第旋转角的大小，在第
二个异质结构中，选取了同样的金属厚度。利用同样的匹配方法，可以得到在波长
631 nm 处的隧穿现象，其结构参数为：$d_A = 90$ nm，$d_C = 57.8$ nm，$d_M = 46$ nm。
图 6.3 给出了异质结构(AC)^{6}M 的反射率、透射率和法拉第旋转角的变化，

图 6.3(a)中的实线代表反射率的变化,虚线代表透射率的变化。在图中可以看到,在波长 631 nm 处发生了共振隧穿现象,反射率为零,透射率为 1,并且在该波长处的法拉第旋转效应达到了最大值。对比图 6.3(b)和图 6.2(b)中的两个结构中的法拉第旋转角的大小可以发现,由于在第二个异质结构(AC)^6 M 中 C 材料层的磁光效应的缘故,使得第二个结构的法拉第旋转角比第一个结构的法拉第旋转角增大。同样,在第二个异质结构(AC)^6 M 中,法拉第旋转效应的增强也是由于电磁场强烈局域在光子晶体和磁光金属的界面上导致的。

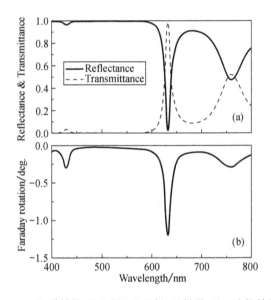

图 6.3　(a) 异质结构(AC)^6 M 的反射、透射谱;(b) 法拉第旋转角

　　为了进一步的对比,在图 6.4(a)和图(b)中分别给出了光子晶体(AC)^6 的透射率和法拉第旋转角,其中在光子晶体中 C 层材料的总厚度之和与异质结构(AC)^6 M 中的 C 层材料的厚度之和相等。在光子晶体(AC)^6 中,C 层材料的折射率大于 A 层材料的折射率,因此在光子带隙的长波长带边的电场局域在 C 层材料中,如图 6.4(c)所示。由于 C 层材料具有磁光效应,因此在长波长带边对应的法拉第旋转角增强,如图 6.4(b)所示。通过对比图 6.3(b)和图 6.4(b)中两种结构的法拉第旋转角可以看到,由于异质结构中包含了磁光金属,所以法拉第旋转角比光子晶体的大。

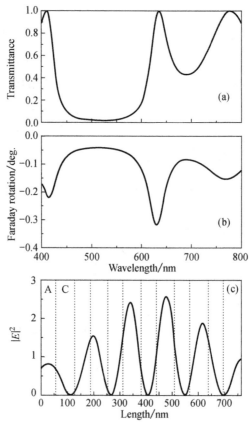

图 6.4　(a) 光子晶体(AC)^{6}的透射谱;(b) 法拉第旋转角;
(c) 图(a)中长波长带边对应的电场强度分布

　　在以上研究的两种异质结构中,磁光金属的磁光常数 ε_{M2} 的取值较小,如果 ε_{M2} 的取值较大,将会影响到异质结构中的完美匹配。以第一种异质结构为例,如果 $\varepsilon_{M2}=-1.2$(该值取自磁光金属 Co_6Ag_{94} 的实际参数,如图 6.10 所示),则入射界面上的阻抗不再完全匹配,反射率增大,从而导致透射率的降低。图 6.5 给出了在 ε_{M2} 取 -1.2 时异质结构的反射率、透射率以及法拉第旋转角的变化,其中其余所有的参数都与图 3.2 相同。从图 6.5(a)中的反射率和透射率曲线变化来看,由于较大的磁光常数的影响,入射界面上的反射率增大,透射率减小。但是较大的磁光常数对法拉第旋转角的贡献是相当大的,如图 6.5(b)所示。同样,法拉第旋转角增强的原因是由于局域在光子晶体和磁光金属界面上的电磁场作用导致的。

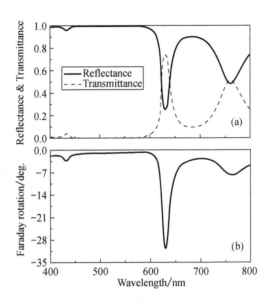

图 6.5　(a) 异质结构 $(AB)^6 M$ 的反射、透射谱；(b) 法拉第旋转角

6.3.2　强损耗时的光隧穿与法拉第旋转效应

实际上，所有的金属都是含损耗的，且损耗都非常大，因此如果想使磁光金属巨大的法拉第旋转效应得到应用，很有必要研究强损耗情况下的光隧穿现象。本小节中主要研究强损耗时的光隧穿现象。

先介绍第一个光学设计异质结构 $(AB)^6 M$，其中 A 和 B 仍然代表 SiO_2 和 TiO_2，M 代表磁光金属 $Co_6 Ag_{94}$。本书中用 Drude 模型来描述磁性金属 M 层的参数性质，介电常数张量的对角元可以表示为

$$\varepsilon_1 = 1 - \frac{\omega_{ep}^2}{\omega^2 + i\omega\gamma_e}, \tag{6.31}$$

其中 ω_{ep} 是电等离子体频率，γ_e 是耗散系数。我们取 $\omega_{ep} = 1.008\,6 \times 10^4$ THz，$\gamma_e = 9.077 \times 10$ THz。在波长 $\lambda = 631$ nm 处，介电常数张量的非对角元选取 $\varepsilon_{M2} = -0.01$，A 和 B 材料的结构参数与图 6.2 相同，$d_M = 46$ nm。我们知道，如果磁光金属 M 层无损耗时，该异质结构 $(AB)^6 M$ 在波长 $\lambda = 631$ nm 处虚阻抗和虚相位匹

配,从而在该波长处发生隧穿现象,如图 6.2(a)所示。但是如果在磁光金属 M 层中考虑了损耗后,金属的折射率由虚折射率变为复折射率,在波长 631 nm 处光子晶体和磁光金属之间的虚阻抗失配,这样导致入射界面上的反射率增大,进入结构的光波能量减小,同时进入结构中的能量又有一部分被吸收,因此结构的透射率会迅速减小。图 6.6(a)和图 6.6(b)中分别给出了异质结构(AB)⁶M 的透射、反射和法拉第旋转角的变化。由图 6.6(a)所示的实线和虚线的变化可以看到,由于磁光金属损耗的引入,入射界面的反射率增大,透射率减小。图 6.6(b)中,出现最大的法拉第旋转角对应的波长为 630 nm,由于损耗的引入相对于 631 nm 发生了很小

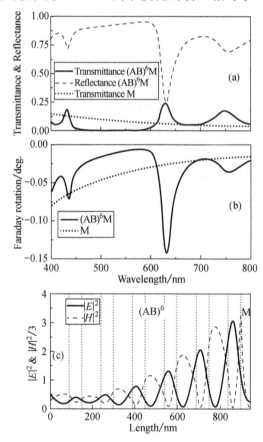

图 6.6　(a) 异质结构(AB)⁶M 的反射、透射谱以及厚度相同的单层 M 的透射谱;
　　　　(b) 异质结构(AB)⁶M 和单层 M 的法拉第旋转角;
　　　　(c) 图(b)中最大的法拉第旋转角对应波长的电磁场强度分布

的位移,该处所对应的透射率减小到 0.24。现在对比图 6.6(b)与 6.2(b)中的法拉第旋转角可以看到,由于损耗的引入,法拉第旋转角减小了。这是因为在损耗引入后,局域在光子晶体和磁光金属界面上的电磁场强度减弱的缘故,如图 6.6(c)所示。为了对比异质结构与单层磁光金属之间的法拉第旋转角的大小,在图 6.6(a)和图 6.6(b)中的点线分别给出了与异质结构中磁光金属厚度相同的单层金属的透射率和法拉第旋转角。由图中的点线变化可以看到,异质结构的透射率和法拉第旋转角同时都得到了提高,它们分别比单层磁光金属的提高了约 2 倍和 4 倍。由此可见,相对于单层磁光金属来讲,异质结构能够同时提高磁光金属的透射率和法拉第旋转角。

　　现在介绍第二个光学设计异质结构 $(AC)^6 M$,其中 A 和 C 仍然代表 SiO_2 和磁光介质 $Bi:YIG$,所取参数与图 6.3 相同,磁光金属 M 仍然代表 $Co_6 Ag_{94}$,选取 M 的参数为式(6.31)中的色散模型,选取的参数也同图 6.6 相同。同样,在该结构中,由于在磁光金属 M 中考虑的色散和损耗,透射率和法拉第旋转角都会受到很大的影响。图 6.7 出示了该异质结构 $(AC)^6 M$ 的透射、反射和法拉第旋转角的变

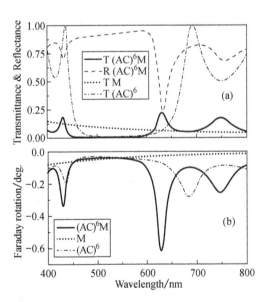

图 6.7　(a) 异质结构 $(AC)^6 M$ 的反射和透射,光子晶体 $(AC)^6$ 以及相同厚度的单层 M 的透射谱;
　　　　(b) 异质结构 $(AC)^6 M$、光子晶体 $(AC)^6$ 以及单层 M 的法拉第旋转角

化情况。从图 6.7(a)中的实线和虚线变化可以看到,由于磁光金属 M 层损耗的引入,入射界面的反射率降低,进入结构中的光波能量减小,又由于结构的吸收增强,导致透射率的迅速减小。图 6.7(b)所示,最大的法拉第旋转角所对应的波长为630 nm,相对于 631 nm 有微小的移动。对比图 6.3(b)和图 6.7(b)中的法拉第旋转角的大小可以看到,由于磁光金属 M 层的损耗,使得局域在光子晶体和磁光金属界面上的电磁场强度减弱,因此导致法拉第旋转角的减小。为了进一步说明异质结构对磁光金属透射和法拉第旋转效应的调控作用,在图 6.7(a)和图 6.7(b)中的虚点线和点线分别给出了光子晶体(AC)^6 和相同厚度的单层 M 的透射和法拉第旋转角。在图中可以看到,组成异质结构的两部分光子晶体(AC)^6 和磁光金属M 分开时,各自的透射率和法拉第旋转角都不大,在组成了异质结构(AC)^{6}M 后,透射率和法拉第旋转角同时都得到了不同程度的提高。

同样,在以上研究的两种异质结构中,磁光金属的磁光常数 ε_{M2} 的取值也较小,如果 ε_{M2} 的取值较大,将会对透射有明显的减小,但是同时法拉第旋转角度会增强。还是以第一种异质结构为例,$\varepsilon_{M2}=-1.2$,其余参数都与图 6.6 相同。图 6.8 给出了该参数下异质结构的反射、透射和法拉第旋转角的变化。从图 6.8(a)中实线和

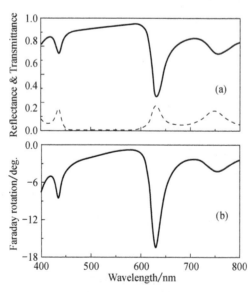

图 6.8 (a) 异质结构(AB)^{6}M 的反射、透射谱;(b) 法拉第旋转角

虚线变化可以看到,由于磁光常数的增大,反射率明显提高且透射率明显降低(与图 6.6(a)进行比较)。而对于法拉第旋转角,由于磁光常数的增大,有很大的增强,如图 6.8(b)所示。同样,法拉第旋转角增强的原因是由于局域在光子晶体和磁光金属界面上的电磁场作用导致的。

6.3.3 实际参数

上一节中,研究的磁光金属色散是 Drude 模型。在本小节中,研究磁光金属 Co_6Ag_{94} 为实际参数的异质结构 $(AB)^N M$ 对法拉第旋转效应的增强作用。磁光金属 Co_6Ag_{94} 的实际参数来源于文献的测量和计算结果,如图 6.9 和图 6.10 所示,分别给出了光学常数和磁光常数的实部和虚部 $\varepsilon = \varepsilon_1 + i\varepsilon_2$(这里的 ε_1 和 ε_2 是光学常数的实部和虚部,与式(6.2)中的物理量含义不同)和 $\varepsilon_{xy} = \varepsilon_{xy1} + i\varepsilon_{xy2}$,它们是利用磁光谱仪和椭圆偏振光谱仪测量和计算得到的。值得注意的是,在文献中所给的磁光常数与式(6.2)不同,其中 $\varepsilon_2 = -i\varepsilon_{xy}$(这里的 ε_2 与式(6.2)中的物理量含义相

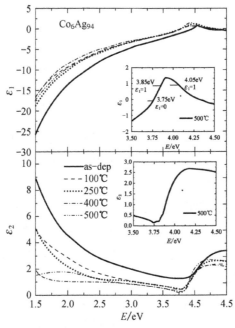

图 6.9 不同退火温度下的 Co_6Ag_{94} 样品的介电常数张量的
对角元素 $\varepsilon = \varepsilon_1 + i\varepsilon_2$ 的实部和虚部

同）。计算时选取 250℃ 退火处理得到的实际参数。

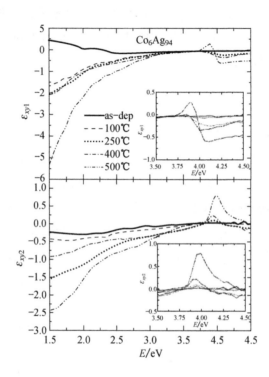

图 6.10　不同退火温度下的 Co_6Ag_{94} 样品的介电常数张量的
非对角元素 $\varepsilon_{xy} = \varepsilon_{xy1} + i\varepsilon_{xy2}$ 的实部和虚部。

　　与前节相同,仍然选择在波长 631 nm 处进行异质结构之间的匹配调节。图 6.11 给出了异质结构 $(AB)^6M$ 的反射、透射和法拉第旋转角的变化曲线。图中选取的参数为 $n_A = 1.443$, $n_B = 2.327$, $d_A = 90$ nm, $d_B = 59.5$ nm, $d_M = 46$ nm。由图 6.11(a) 中的实三角线和空心圆线可以看到,由于磁光金属 M 层的吸收,使得入射界面上的反射率增大,更多的电磁波无法进入结构中,进入结构中的电磁波能量,又有其中一部分被金属吸收,因此,结构的透射率降低了。同时,由于磁光金属 M 层的色散和损耗,最大的法拉第旋转角对应的波长出现在 625 nm 处,偏移了原来的隧穿波长 631 nm。同样,为了对异质结构和单层的磁光金属和掺铋的钇铁石榴石(Bi:YIG)之间的性质进行比较,在图 6.11(a) 和图 6.11(b) 中的实线分别给出了相同厚度磁光金属 M 层的透射和法拉第旋转角的变化,图 6.11(b)中的点线给出了相同厚度掺铋的钇铁石榴石(Bi:YIG)的法拉第旋转角的变化。与相同厚度的磁光金属 M 进行对比,在异质结构中得到的透射和法拉第旋转角同时得到了提高,它们分别比单层金属的增大了 2 和 4 倍。与相同厚度的掺铋 Bi:YIG 进行对比,异质结构中的法拉第旋转角得到了非常大的增强,大约是它的 300 倍。由此可见,在实际参数的应用中,由光子晶体和磁光金属组成的异质结构可以同时提高结构的透射率和法拉第旋转角,从而起到对磁光金属性质的调控作用。

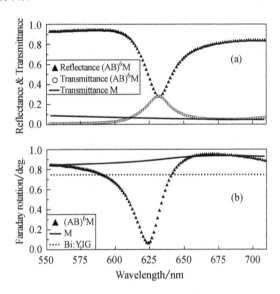

图 6.11　(a) 异质结构(AB)^{6}M 的反射、透射以及厚度相同的单层 M 的透射谱;
(b) 异质结构(AB)^{6}M、单层 M 以及单层 Bi:YIG 的法拉第旋转角

　　同样,我们对第二个光学设计异质结构(AC)^{6}M 的实际参数进行了研究。A 层的参数与 C 层的厚度同图 6.7 完全相同,C 层是磁光介质 Bi:YIG,其中光学常数和磁光常数选取文献中的实际参数。M 层的光学常数和磁光常数同样选取图 6.9 和图 6.10 中的参数,厚度仍然是 46 nm。图 6.12 给出了该异质结构的反射、透射和法拉第旋转角的变化。在图中可以看到,该结构中的透射率比图 6.11 中的结构的透射降低了,但是法拉第旋转角的大小相比稍微大了一些,这是由于在 C 层材料中考虑了吸收和磁光效应的结果。由于 Bi:YIG 的磁光常数相对于磁光金属

Co_6Ag_{94} 小很多,因此虽然 C 层的总厚度比 M 层的厚度大了很多,但法拉第旋转角却只从 16.6°增强到 17.1°。

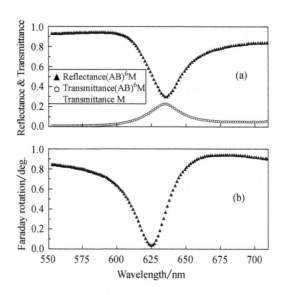

图 6.12 (a) 异质结构 $(AC)^6M$ 的反射、透射谱;(b) 法拉第旋转角

6.4 三明治结构的法拉第旋转效应

在一定的条件下,三明治结构的局域性比异质结构的局域性强。因此,文献研究含磁光金属的三明治结构中的透射和法拉第旋转效应。对于含磁光金属的三明治结构,曾研究了厚金属银膜的法拉第旋转效应,而且只分析了单透射峰的情况,由于金属银的磁光效应很小,法拉第旋转效应无法满足磁光器件的要求。在此分别研究了含磁光金属 Co_6Ag_{94} 的三明治结构中的双透射峰和单透射峰两种情况,同时分析了磁光金属存在增益时该结构法拉第旋转角达到-45°的情况。

6.4.1 双透射峰情况

考虑由两个全介质磁光光子晶体与磁光金属 Co_6Ag_{94} 组成三明治结构 $(AB)^N$ $M(BA)^N$,周围被空气包围。其中 A 层代表正常材料,B 层代表磁光介质,M 层代表磁光金属,N 代表光子晶体的周期数目。在计算中,选取 A 和 B 材料分别为 SiO_2 和 Bi:YIG,其中 SiO_2 的折射率为 1.443,Bi:YIG 的光学常数和磁光常数来源 于文献。A 和 B 层的厚度分别为 d_A 和 d_B,磁光金属的厚度为 d_M。只考虑光波垂 直入射的情况。

用 Drude 模型来描述磁性金属 M 层的参数性质,介电常数张量的对角元光学 常数可以表示为式(6.31),所取参数也一样。在计算中,选取共振隧穿的波长 λ 为 631 nm,磁光金属 Co_6Ag_{94} 的光学常数在隧穿波长处与文献中的实际参数一致 $\varepsilon_1 = -10 + i2.1$,磁光参数取文献中的实际参数 $\varepsilon_2 = -1.2 + i1.15$。

首先,考虑三明治结构中的双透射峰情况。磁光金属被嵌入两个磁光光子晶 体内部,在它的前后会出现两个界面模。如果两个界面模相互耦合比较强时,将会 出现双透射峰。图 6.13 给出了三明治结构 $(AB)^5 M(BA)^5$ 中所有材料都无损耗和 无磁光性质(表示磁光常数为零)时的双透射峰的曲线变化关系。图中实线代表透 射率,虚线代表反射率,且 A 层、B 层和 M 层的厚度分别为 89 nm、55.2 nm 和 58 nm。可以看到,在满足相位匹配和阻抗匹配的条件下,金属 M 层两边界面模的 透射率都可以达到 1,反射率达到 0,隧穿波长分别为 596 nm 和 631 nm. 在隧穿波 长处,电磁波能量全部进入三明治结构中。然而,当考虑了材料 B 层和 M 层损耗 和磁光性质后,反射率会增大,透射率会减小,当然磁光法拉第旋转效应会产生,如 图 6.14(a)和图 6.14(b)所示。在图中,除了加入了损耗和磁光常数以外,图像参

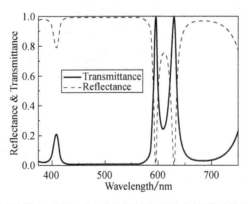

图 6.13　三明治结构 $(AB)^5 M(BA)^5$ 无损耗和无磁光性质时的反射率和透射率

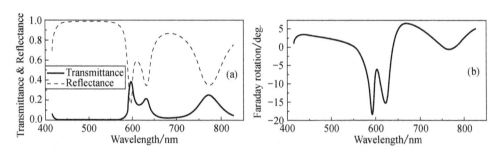

图 6.14 (a) 三明治结构 (AB)⁵M(BA)⁵ 实际参数时双透射峰的反射率和透射率；
(b) 法拉第旋转角

数与图 6.13 中的参数一样。图 6.14(a) 中可以看到，由于损耗和磁光性质的影响，
反射率无法达到零，入射的电磁波无法全部进入三明治结构中。由于材料层 B 和
M 都拥有磁光性质，所以在图 6.14(b) 中可以看到，在相应的波长处出现了两个法
拉第旋转角比较大的现象。因为损耗和磁光性质会引起金属的透射系数的变化，
而透射系数的变化会引起法拉第旋转角的变化，而且损耗和磁光性质随着频率的
变化而变化，影响也不一样，因此考虑了损耗和磁光性质，将会导致最大透射峰与
法拉第旋转角的最大值有所偏移。从图 6.14 中可以看到，因为损耗和磁光性质的
介入，法拉第旋转角对应的波长与透射率峰值对应的波长有所偏差，分别由原来的
596 nm 和 631 nm 变为了 592 nm 和 622 nm。

　　图中可以看到，透射率最大分别达到了 0.22 和 0.4，法拉第旋转角最大分别达
到了 −19° 和 −15°。同时，也计算了双透射峰波长处对应的电磁场分布情况，如图
6.15(a) 和图 6.15(b) 所示。从图中可以看到，在透射峰的对应波长处，电磁场的
能量都分别局域在光子晶体与磁光金属的界面上，正是由于这个原因导致了磁光
金属的透射和法拉第旋转效应的增强。

6.4.2　单透射峰情况

　　现在，考虑三明治结构中的单透射峰情况。我们知道，如果两个界面模相互
耦合比较弱时，双透射峰将会合并为一个峰。图 6.16(a) 给出了三明治结构
(AB)⁵M(BA)⁵ 实际参数时的单透射峰的曲线变化关系。图中实线代表透射率，虚
线代表反射率，且 M 层的厚度为 90 nm，其余所有的参数都与图 6.2 一样。可以看

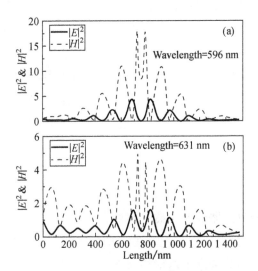

图 6.15　对应于图 6.2(a)中隧穿波长处的电场强度(实线)和磁场强度(虚线)分布

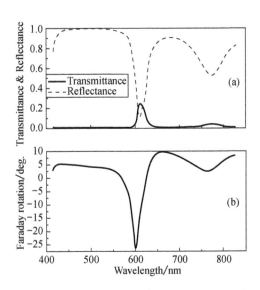

图 6.16　(a) 三明治结构(AB)^{5}M(BA)^{5}实际参数时单透射峰的透射率和反射率；
(b) 法拉第旋转角

到,由于金属层厚度的增加,界面模之间的耦合作用变弱,导致透射峰由原来的两个峰值合并为一个,单峰值对应的波长是 611 nm,该波长处于双透射峰对应的波长之间。在图 6.16(b)中可以看到,在相应的波长处出现了一个法拉第旋转角最大的值,该值达到了－27°。由于损耗和磁光性质的影响,对应波长稍微移动了一些,变为601 nm。同样,单峰值对应的法拉第旋转角的增强也是由于电磁场的能量局域在磁光金属和光子晶体的界面上导致的,并且场的局域强度在双透射峰值场强局域对应的强度之间。

6.4.3　增益情况

众所周知,磁光隔离器件要求磁光材料的角度±45°,因此可以通过增益补偿来提高磁光材料的法拉第旋转角度。在磁光金属的光学常数复数中,增益的符号与损耗相反。在这里,只考虑单透射峰时增益的情况。无增益时金属层的光学常数可以表示为 $\varepsilon_1 = \varepsilon_{1R} + i\varepsilon_{1I}$ (ε_{1R} 是光学常数的实部,ε_{1I} 是光学常数的虚部),光学常数复数在隧穿波长处取实际参数。如果考虑增益时,金属层的光学常数虚部应该改变符号成为 $\varepsilon_1 = \varepsilon_{1R} - i\varepsilon_{1I}$,在隧穿波长 631 nm 处为 $\varepsilon_1 = -10 - i2.1$,其余参数与图 6.16 中的参数一样。图 6.17 给出了加入增益时的透射率和法拉第旋转角随

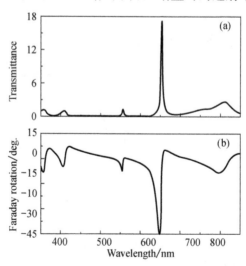

图 6.17　(a) 三明治结构(AB)^{5}M(BA)^{5}增益时单透射峰的透射率;(b) 法拉第旋转角

波长的变化曲线。可以看到,由于增益的补偿效应,法拉第旋转角达到了$-45°$。

目前,在可见光波段,人们对磁光光子晶体的磁光法拉第旋转效应进行了大量的研究。在磁光光子晶体中,利用 Bragg 散射机制,可以提高磁光介质的法拉第旋转效应。然而,磁光介质的磁光常数远不能与磁光金属相比,因为磁光金属的损耗非常大,导致磁光金属的透射很低,法拉第旋转效应无法得到应用。在本章中,提出利用隧穿机制来实现对磁光金属的磁光法拉第旋转效应的调制。

利用全介质光子晶体来等效负磁导率材料,因为在可见光波段这种等效的磁单负材料的损耗非常小。然后,利用隧穿机制原理调制由全介质光子晶体和磁光金属的虚阻抗和虚相位,让其在特定波长处达到匹配。这样,由全介质光子晶体和磁光金属组成的异质结构可以在特定波长处发生光隧穿效应。根据隧穿机制原理可知,该异质结构中,电磁场局域在光子晶体和磁光金属的界面上,局域的电磁场增强了光波与磁光金属之间的耦合作用,从而导致了磁光法拉第旋转效应的增强。同理,研究了含磁光金属和光子晶体的三明治结构,同样看到了局域在磁光金属和光子晶体界面上的电磁场增强了磁光金属的法拉第旋转效应,并且引入增益,使得法拉第旋转角度达到了$-45°$。磁光金属的该性质可以应用到磁光隔离器件中,为光通讯技术服务。

本章参考文献

[1] Y. Akahane, T. Asano, B. S. Song, et al. High-Q photonic nanocavity in a two-dimensional photonic crystal[J]. Nature, 2003, 425(6961): 944-947.

[2] J. C. Knight. Photonic crystal fibres[J]. Nature, 2003, 424(6950): 847-851.

[3] T. Yoshie, A. Scherer, J. Hendrickson, et al. Vacuum Rabi splitting with a single quantum dot in a photonic crystal nanocavity[J]. Nature, 2004, 432(7014): 200-203.

[4] S. Ogawa, M. Imada, S. Yoshimoto, et al. Control of light emission by 3D photonic crystals[J]. Science, 2004, 305(5681): 227-229.

[5] H. G. Park, S. H. Kim, S. H. Kwon, et al. Electrically driven single-cell photonic crystal Laser[J]. Science, 2004, 305(5689): 1444-1447.

[6] T. Goto, A. V. Dorofeenko, A. M. Merzlikin, et al. Optical tamm states in one-dimensional magnetophotonic structures[J]. Phys. Rev. Lett., 2008, 101(11): 113902.

[7] T. Goto, A. V. Baryshev, M. Inoue, et al. Tailoring surfaces of one-dimensional magnetophotonic crystals: Optical Tamm state and Faraday rotation[J]. Phys. Rev. B, 2009, 79(12): 125103.

[8] H. Kato, T. Matsushita, A. Takayama, et al. Theoretical analysis of optical and magneto-optical properties of one-dimensional magnetophotonic crystals[J]. J. Appl. Phys. , 2003, 93(7): 3906-3911.

[9] H. Kato, T. Matsushita, A. Takayama, et al. Effect of optical losses on optical and magneto-optical properties of one-dimensional magnetophotonic crystals for use in optical isolator devices[J]. Opt. Commun. , 2003, 219(6): 271-276.

[10] M. Inoue, K. Arai, T. Fujii, et al. Magneto-optical properties of one-dimensional photonic crystals composed of magnetic and dielectric layers[J]. J. Appl. Phys. , 1998, 83(11): 6768-6770.

[11] M. Inoue, K. Arai, T. Fujii, et al. One-dimensional magnetophotonic crystals[J]. J. Appl. Phys. , 1999, 85(8): 5768-5770.

[12] S. Sakaguchi, N. Sugimoto. Multilayer films composed of periodic magneto-optical and dielectric layers for use as Faraday rotators[J]. Opt. Commun. , 1999, 162(1): 64-70.

[13] M. Inoue, T. Fujii. A theoretical analysis of magneto-optical Faraday effect of YIG films with random multilayer structures[J]. J. Appl. Phys. , 81(8): 5659-5661.

[14] E. Takeda, N. Todoroki, Y. Kitamoto, et al. Faraday effect enhancement in Co-ferrite layer incorporated into one-dimensional photonic crystal working as a Fabry-Pérot resonator [J]. J. Appl. Phys. , 2000, 87(9): 6782-6784.

[15] H. Kato, T. Matsushita, A. Takayama, et al. Properties of one-dimensional magnetophotonic crystals for use in optical isolator devices[J]. IEEE Transations on Magnetics, 2002, 38(5): 3246-3248.

[16] S. Kahl, A. M. Grishin. Enhanced Faraday rotation in all-garnet magneto-optical photonic crystal[J]. Appl. Phys. Lett. , 2004, 84(9): 1438-1440.

[17] A. Alù, N. Engheta. Pairing an epsilon-negative slab with a mu-negative slab: resonance, tunneling and transparency[J]. IEEE Trans. Antennas Propagat. , 2003, 51 (10): 2558-2571.

[18] H Jiang, H Chen, S Y Zhu. Localized gap-edge fields of one-dimensional photonic crystals with an ε-negative and a μ-negative defect[J]. Phys. Rev. E, 2006, 73(4): 046601.

[19] A. N. Grigorenko, A. K. Geim, H. F. Gleeson, et al. Nanofabricated media with negative permeability at visible frequencies[J]. Nature, 2005, 438(7066): 335-338.

[20] G. Dolling, M. Wegener, C. M. Soukoulis, et al. Negative-index metamaterial at 780nm wavelength[J]. Optics. Letts. , 2007, 32(1), 53-55.

[21] C. Rockstuhl, F. Lederer, C. Etrich, et al. Design of an artificial three-dimensional composite metamaterial with magnetic resonances in the visible range of the electromagnetic spectrum[J]. Phys. Rev. Lett. , 2007, 99(1): 174011-174014.

[22] J. Y. Guo, Y Sun, H. Q. LI, et al. Optical tamm states in dielectric photonic crystal heterostructure[J]. Chinese Physics Letters, 2008, 25 (6): 2093-2096.

[23] J. Y. Guo, Y Sun, Y. W. Zhang, et al. Experimental investigation of interface states in photonic crystal heterostructures[J]. Phys. Rev. E, 2008, 78(2): 026607.

[24] M. Kaliteevski, I. Iorsh, S. Brand, et al. Tamm plasmon-polaritons: possible electromagnetic states at the interface of a metal and a dielectric Bragg mirror[J]. Phys. Rev. B, 2007, 76 (16): 165415(5).

[25] M. E. Sasin, R. P. Seisyan, M. A. Kalitteevski, et al. Tamm plasmon polaritons: Slow and spatially compact light[J]. Appl. Phys. Lett. , 2008, 92(25): 251112(3).

[26] G. Q. Du, H. T. Jiang, Z. S. Wang, et al. Optical nonlinearity enhancement in heterostructures with thick metallic film and truncated photonic crystals[J]. Opti. Lett. , 2009, 34(5): 578-580.

[27] D. R. Smith, S. Schultz, P. Markoš, et al. Determination of effective permittivity and permeability of metamaterials from reflection and transmission coefficients[J]. Phys. Rev. B, 2002, 65(19): 195104.

[28] J. D. Joannopoulos, R. D. Meanade, J. N. Winn. Photonic crystals[M]. New York: Princeton University Press, 1995.

[29] K. Sakoda. Optical properties of photonic crystals[M]. Berlin: Springer-Verlag, 2005.

[30] K. Inoue, K. Ohtaka. Photonic crystals[M]. New York: Springer-Verlag, 2004.

[31] X. D. Chen, T. M. Grzegorczyk, B. I. Wu, et al. Robust method to retrieve the constitutive effective parameters of metamaterials [J]. Phys. Rev. E, 2004, 70 (1): 016608.

[32] L. Dong, H. Jiang, H. Chen, et al. Tunnelling-based Faraday rotation effect enhancement [J]. J. Phys. D: Appl. Phys. , 2011, 44(14): 145402-145405.

[33] L. Dong, H. Jiang, H. Chen, et al. Enhancement of Faraday rotation effect in heterostructures with magneto-optical metals[J]. J. Appl. Phys. , 2010, 107(9): 093101(4).

[34] 董丽娟,杜桂强,杨成全,等. 厚金属 Ag 膜的磁光法拉第旋转效应的增强[J]. 物理学报, 2012,61(16):164210(5).

[35] L. Dong, L. Liu, Y. Shi. Faraday Effect Enhancement in Heterostructures with Magneto-Optical Metals [J]. The Fourth International Congress on Advanced Electromagnetic Materials in Microwaves and Optics (metamaterials' 2010), Karlsruhe, Germany, 2010. 09.

[36] 杜桂强. 特异材料及其复合周期结构的研究[D]. 同济大学博士论文,2008:52.

[37] S. Y. Wang, W. M. Zheng, D. L. Qian, et al. Study of the Kerr effect of $Co_x Ag_{100-x} Co_x Ag_{100-x}$ granular films[J]. J. Appl. Phys. , 1999, 85(8): 5121-5123.

[38] Du G Q, Jiang H T, Wang L, et al. Enhanced transmittance and fields of a thick metal sandwiched between two dielectric photonic crystals[J]. J. Appl. Phys. , 2010, 108(10): 103111(4).

[39] L. J. Dong, L. X. Liu, Y. H. Liu, et al. Enhanced Faraday rotation of a thick magneto-optical metal sandwiched between two dielectric photonic crystals[J]. Proc. of SPIE, 8793 (2013).

[40] 董丽娟,刘艳红,刘丽想,等. 含 $Co_6 Ag_{94}$ 三明治结构的光学和磁光性质[J]. 光学学报, 2015,35(4):260-264.

第 7 章

一维掺杂光子晶体嵌入两种
单负特异材料中的透射性质

单负特异材料包括负介电常数材料和负磁导率材料,电磁波在单层的单负特异材料中只能以迅衰场的形式存在,然而,在两种不同性质的单负特异材料组成双层结构中却可以发生隧穿现象。如果两种单负特异材料组成的双层结构共轭时,电磁波发生共振透射,且没有相位延迟。2006 年,Jiang 等人把单负特异材料双层共轭结构作为杂质掺杂在一维光子晶体结构中,发现了带隙边的局域场(localized gap-edge fields),而且利用局域场的性质设计了小体积低阈值的双稳态光开关。由此可见,单负特异材料的特性和光子晶体的性质结合起来会出现一些新的物理现象和性质。

在本章中,将通过转移矩阵的方法研究一维掺杂光子晶体嵌入两种不同性质的单负特异材料结构的透射性质。我们知道,在一维掺杂光子晶体结构中,如果增大缺陷层的厚度,光子带隙中缺陷模的个数会增加,在这种情况下如何抑制缺陷模个数的增加呢?或者允许需要的缺陷模通过呢?研究发现,在一维掺杂光子晶体的两边分别排列负介电常数材料和负磁导率材料,可以允许中间的一个高品质因子缺陷模通过的同时抑制由于增大缺陷层厚度而产生的多个缺陷模的出现。

7.1 理论模型

考虑在一维掺杂光子晶体的两边分别排列负介电常数材料和负磁导率材料的

结构 A(CD)^{N}E(DC)^{N}B,如图 7.1 所示。A 层和 B 层分别代表负介电常数材料和负磁导率材料,C, D 和 E 层分别代表三种介电材料,N 是周期数。在这里,用 Drude 模型来描述两种单负特异材料的参数,它们分别为

$$\varepsilon_{\mathrm{A}} = 1 - \frac{\omega_{ep}^2}{\omega^2}, \quad \mu_{\mathrm{A}} = a, \tag{7.1}$$

$$\varepsilon_{\mathrm{B}} = b, \quad \mu_{\mathrm{B}} = 1 - \frac{\omega_{mp}^2}{\omega^2}. \tag{7.2}$$

其中,ω_{ep} 和 ω_{mp} 分别代表电和磁等离子体频率,ω 为圆频率(GHz),a 和 b 为正实数。C, D 和 E 层的折射率分别用 n_{C}, n_{D} 和 n_{E} 来表示,A, B, C, D 和 E 层的厚度分别用 d_{A}, d_{B}, d_{C}, d_{D} 和 d_{E} 来表示。在计算中,选择 $\omega_{ep}^2 = \omega_{mp}^2 = 133.24\,\mathrm{GHz}$,$a = b = 5$, $n_{\mathrm{C}} = 1.2$, $n_{\mathrm{D}} = 3.5$, $n_{\mathrm{E}} = 1.4$, $n_{\mathrm{C}}d_{\mathrm{C}} = n_{\mathrm{D}}d_{\mathrm{D}} = 0.1\,\mathrm{m}$ 和 $N = 3$,且只分析电磁波垂直入射的情况。

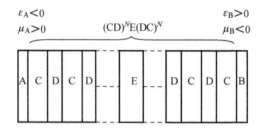

图 7.1　一维掺杂光子晶体嵌入两种单负特异材料中的结构示意图

7.2　高品质因子的单缺陷模透射

在掺杂光子晶体结构(CD)^{3}E(DC)^{3}中选取 $n_{\mathrm{E}}d_{\mathrm{E}} = 0.8\,\mathrm{m}$ 和 $d_{\mathrm{A}} = d_{\mathrm{B}} = 0.02\,\mathrm{m}$,其余的材料参数同上节所选。利用转移矩阵的方法可以计算该结构的透射谱,如图 7.2(a)所示,由于缺陷层的厚度较大,所以在光子带隙中出现了 3 个缺陷模。现在,把结构(CD)^{3}E(DC)^{3}嵌入 A 和 B 层中,同样的参数不变,得到结构 A(CD)^{3}E(DC)^{3}B 的透射谱,如图 7.2(b)所示。在图中可以看到,原来光子带隙中的 3 个缺陷模只出现了中间的 1 个。下面介绍产生这种

现象的物理原因。

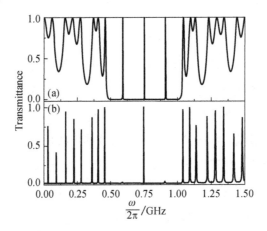

图 7.2   结构 $(CD)^3E(DC)^3$ 和 $A(CD)^3E(DC)^3B$ 的透射谱

我们知道,两种单负而已材料分别单独被空气包围时,负介电常数材料界面的反射相位是正值,而负磁导率材料界面处的反射相位是负值。在结构 $A(CD)^3E$ $(DC)^3B$ 中,A 和 B 层是两种不同性质的单负特异材料,电磁波在其中只能以迅衰场的形式存在,因此可以看作两个反射壁。因此,结构 $A(CD)^3E(DC)^3B$ 可以看作是一个掺杂光子晶体被嵌入了两个反射壁(一个是电反射壁,另一个是磁反射壁)中,如图 7.3 所示。如果结构满足式(7.3)的条件,将会产生共振模。

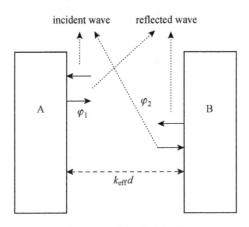

图 7.3   共振腔示意图

$$\varphi_1 + \varphi_2 + 2k_{\text{eff}}d = m2\pi \ (m = 0, 1, 2\cdots), \tag{7.3}$$

其中，$\varphi_1(\varphi_2)$ 代表负介电常数材料（负磁导率材料）反射壁的反射相位，$2k_{\text{eff}}d$ 代表电磁波在掺杂光子晶体结构 $(CD)^3E(DC)^3$ 中往返的透射相位积累。当结构 $(CD)^3E(DC)^3$ 的厚度为零，结构 $A(CD)^3E(DC)^3B$ 简化为 AB 双层结构。图 7.4(a)给出了 A 和 B 层分别单独处于空气中的反射相位，负介电常数材料对应实线，负磁导率材料对应虚线。从图 7.4(a)中的实线和虚线可以看到，在频率 0.75 GHz 处，φ_1 和 φ_2 分别对应 79.57°度和 −79.57°。因此，对于 AB 双层结构，在频率 0.75 GHz 处 $\varphi_1 + \varphi_2$ 为零，对应于图 7.4(a)中的点线上的第二个黑圆点。这个结果说明零阶共振模出现在频率 0.75 GHz 处。如果把掺杂光子晶体 $(CD)^3E(DC)^3$ 嵌入 AB

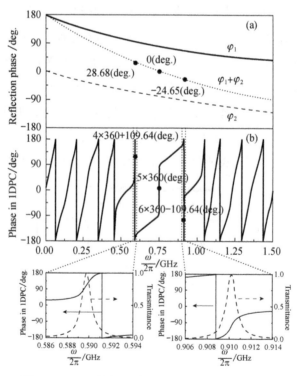

图 7.4 （a）电单负材料和磁单负材料的反射相位；
（b）结构 $(CD)^3E(DC)^3$ 的透射相位

结构中间,当它们的参数满足式(7.3),将会有共振模的出现。当结构$(CD)^3E(DC)^3$的厚度为图 7.2(a)所示的厚度时,在光子带隙中出现了 3 个缺陷模,对应的频率分别为 0.5898 GHz,0.75 GHz 和 0.9102 GHz,其中为了观察得更清楚,第一个频率附近区域(第一个垂直虚线区域)和第三个频率附近区域(第二个垂直虚线区域)被放大,且给出了相应频率范围的透射谱。图 7.4(b)给出了结构$(CD)^3E(DC)^3$的透射相位变化,我们分别分析对应于 3 个频率处的透射相位变化,是否满足式(4.3)的条件。在频率 0.5898 GHz 处,图 7.4(a)中的点线上第一个黑圆点对应的 AB 反射相位和$\varphi_1+\varphi_2$为 28.68°,图 7.4(b)中的第一黑圆点对应$(CD)^3E(DC)^3$的透射相位为$4\times360°+109.64°$,则可知$\varphi_1+\varphi_2+2k_{eff}d$为$8\times360°+247.96°$,不满足条件式(7.3),所以频率 0.5898 GHz 处不会产生共振模,如图 7.2(b)的透射谱所示。在频率 0.75 GHz 处,图 7.4(b)中的第二个黑圆点对应$(CD)^3E(DC)^3$的透射相位为$5\times360°$,而 AB 的反射相位和$\varphi_1+\varphi_2$为零,则可知$\varphi_1+\varphi_2+2k_{eff}d$为$10\times360°$,所以频率 0.75 GHz 处会产生共振模,如图 7.2(b)所示。在图 7.4(a)和图 7.4(b)中同样可以得到频率 0.9102 GHz 处的$\varphi_1+\varphi_2+2k_{eff}d$为$12\times360°-243.93°$,所以频率 0.9102 GHz 处不会产生共振模,如图 7.2(b)所示。由此可见,在结构$A(CD)^3E(DC)^3B$中,无论结构$(CD)^3E(DC)^3$中的缺陷层 E 的厚度为多厚,在光子带隙中都只会出现单个的缺陷模。

例如,继续增大结构$(CD)^3E(DC)^3$中的缺陷层 E 的厚度,选择$n_Ed_E=1.6$ m,在光子带隙中会出现 7 个缺陷模,如图 7.5(a)所示。那么根据以上的分析,在结构$A(CD)^3E(DC)^3B$中仍然只会出现中间的 1 个缺陷模,其余的缺陷模都被抑制,如图 7.5(b)所示。因此,在结构$A(CD)^3E(DC)^3B$中,无论缺陷层 E 的厚度多大,都可以实现单个的缺陷模。下面分析结构$A(CD)^3E(DC)^3B$中出现的单个缺陷模的品质因子的变化。通过对图 7.2(a)和图 7.2(b)中频率为 0.75 GHz 的缺陷模的品质因子进行计算,得到结构$(CD)^3E(DC)^3$中缺陷模的品质因子为 1 630,而结构$A(CD)^3E(DC)^3B$中同样频率处的缺陷模的品质因子增加到 18 750。这个结果说明当结构$(CD)^3E(DC)^3$嵌入到两种单负特异材料 A 和 B 的反射壁后,出现了高品质因子的单缺陷模。

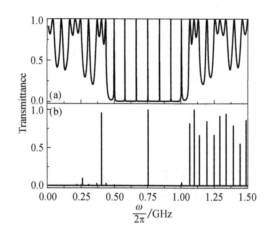

图 7.5　结构 $(CD)^3E(DC)^3$ 和 $A(CD)^3E(DC)^3B$ 的透射谱

7.3　弱吸收对单缺陷模透射的影响

以上介绍了结构 $A(CD)^3E(DC)^3B$ 中高品质因子的单缺陷模的出现,其中 A 和 B 层是理想的负介电常数材料和负磁导率材料。实际上,单负特异材料的吸收是不可避免的。所以,下面分析单负特异材料弱吸收对单缺陷模透射性质的影响。

考虑单负特异材料的弱吸收,由 Drude 模型给出它们的材料参数。负介电常数材料的介电常数和负磁导率材料的磁导率的描述变为

$$\varepsilon_A = 1 - \frac{\omega_{ep}^2}{\omega^2 + i\omega\gamma_e}, \tag{7.4}$$

$$\mu_B = 1 - \frac{\omega_{mp}^2}{\omega^2 + i\omega\gamma_m}, \tag{7.5}$$

其中,γ_e 和 γ_m 分别代表电单负材料和磁单负材料的耗散系数,其余的物理量分别与式(7.1)和式(7.2)中代表的含义相同。在表达式(7.4)和式(7.5)中,随着耗散系数的增加,材料的吸收会随之增大。在本节中,假定 $\gamma_e = \gamma_m = \gamma$。图 7.6 给出了结构 $A(CD)^3E(DC)^3B$ 中频率 0.75 GHz 处的单缺

陷模随着耗散系数增大的透射谱,图中其余的参数与图 7.2 完全相同。图中可以看到,随着耗散系数 γ 的增加,单缺陷模的透射降低了,同时品质因子也随之降低,但是单缺陷模仍然会出现。也就是说单负特异材料的弱吸收影响了单缺陷模透射和其品质因子的高低,而不影响它的出现,且吸收越大影响越大。

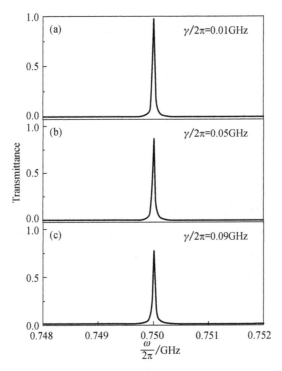

图 7.6　A(CD)³E(DC)³B 中对应单负特异材料的不同耗散系数的透射谱

本章利用转移矩阵方法分析了一维掺杂光子晶体结构嵌入两种不同性质的单负特异材料结构的透射性质。理论结果表明,一维掺杂光子晶体结构中缺陷层的厚度无论多厚,只要满足一定的条件,分别在结构的两边排列负介电常数材料和负磁导率材料后,可以出现高品质因子的单缺陷模。这里满足的条件是指,负介电常数材料和负磁导率材料分别处于空气中的反射相位和与掺杂光子晶体的往返透射相位的和等于 2π 的整数倍。除此之外,还分析了弱吸收单负特异材料对单缺陷模透射的影响。结果表明,考虑了单负特异材料的弱吸收后,单缺陷模仍然会出现,只是透射的高度和其品质因子受到了影响,且吸收越大,单缺陷模的透射和品质因子受到的影响越大。

本章参考文献

[1] A. Alù, N. Engheta. Pairing an epsilon-negative slab with a mu-negative slab: resonance, tunneling and transparency[J]. IEEE TransAntennas propag, 2003, 51: 2558-2571.

[2] H. T. Jiang, H. Chen, S. Y. Zhu. Localized gap-edge fields of one-dimensional photonic crystals with an ε-negative and a μ-negative defect[J]. Phys. Rev. E, 2006, 73: 046601-046605.

[3] V. G. Veselago. The electrodynamics of substances with simultaneously negative values of permittivity and permeability[J]. Sov. Phys. Usp, 1968, 10: 509-514.

[4] D. R. Fredkina, A. Ron. Effectively left-handed (negative index) composite material[J]. Appl. Phys. Lett. , 2002, 81: 1753-1755.

[5] T. H. Feng, Y. H. Li, J. Y. Guo, et al. Highly localized mode in a pair structure made of epsilon-negative and mu-negative metamaterials[J]. Appl. Phys. , 2008, 104: 013107.

[6] T. Fujishige, C. Caloz, T. Itoh. Experimental demonstration of transparency in the ENG-MNG pair in a CRLH transmission-line implementation[J]. Microwave Opt. Technol. Lett. , 2005, 46: 476-481.

[7] H. T. Jiang, H. Chen, H. Q. Li, et al. Properties of one-dimensional photonic crystals containing single-negative materialsm[J]. Phys. Rev. E, 2004, 69: 066607-066611.

[8] L. G. Wang, H. Chen, S. Y. Zhu. Omnidirectional gap and defect mode of one-dimensional photonic crystals with single-negative materials[J]. Phys. Rev. B, 2004, 70: 245102- 245107.

[9] F. Qiao, C. Zhang, J. Wan, et al. Photonic quantum-well structures: Multiple channeled filtering phenomena[J]. Appl. Phys. Lett. , 2000, 77: 3698-3700.

[10] Z. S. Wang, L. Wang, Y. G. Wu, et al. Multiple channeled phenomena in heterostructures with defects mode[J]. Appl. Phys. Lett. , 2004, 84: 1629-1631.

[11] H. Y. Lee, H. Makino, T. Yao, et al. Limiting of photo induced changes in amorphous chalcogenide/alumino-silicate nanomultilayers[J]. Appl. Phys. Lett. , 2002, 81: 4502-

4504.

[12] X. Y. Lei, H. Li, F. Ding, et al. Novel application of a perturbed photonic crystal: High-quality filter[J]. Appl. Phys. Lett., 1997, 71: 2889-2891.

[13] S. John. Strong localization of photons in certain disordered dielectric superlattices[J]. Phys. Rev. Lett., 1987, 58: 2486-2489.

[14] K. M. Ho, C. T. Chen, C. M. Soukoulis. Existence of a photonic gap in periodic dielectric structures[J]. Phys. Rev. Lett., 1990, 65: 3152-3155.

[15] M. M. Sigalas, C. T. Chan, K. M. Ho, et al. Metallic photonic band-gap materials[J]. Phys. Rev. B, 1995, 52: 11744-11751.

[16] 董丽娟,江海涛,李云辉,等. 一维掺杂光子晶体嵌入负介电常数材料和负磁导率材料的性质[J]. 光子学报, 2010, 39(5): 834-838.